白浪五人女

日暮左近事件帖

第一話　女白浪《しらなみ》

一

鉄砲洲波除稲荷《てっぽうずなみよけいなり》は、潮騒《しおさい》と潮の香り、舞い飛ぶ鷗《かもめ》の鳴き声に覆われていた。

公事宿《くじやど》『巴屋《ともえや》』の出入物吟味人《でいりものぎんみにん》の日暮左近《ひぐらしさこん》は、拝殿に手を合わせて江戸湊《みなと》を眩《まぶ》しげに眺めた。

江戸湊は陽差しに煌《きら》めき、千石船《せんごくぶね》が白帆に風を孕《はら》ませて行き交っていた。

左近の鬢《びん》の解《ほつ》れ髪は、海から吹く風に揺れた。

日本橋馬喰町《にほんばしばくろちょう》にある公事宿『巴屋』は、主の彦兵衛《ひこべえ》や下代《げだい》の房吉《ふさきち》が泊まっているいる公事訴訟人と月番《つきばん》の町奉行所に出掛け、既に朝の忙しい時を終えていた。

公事宿『巴屋』の台所を預かっている姪のおりんは、奉公人たちと掃除や洗濯、食事の仕度などに忙しく働いていた。

婆やのお春《はる》は、隣の煙草《たばこ》屋で近所の隠居や妾《めかけ》稼業の女たちとお喋りをしながら、公事宿『巴屋』に不審な者が近付くのを警戒していた。

日暮左近は、煙草屋でお喋りをしているお春たちに会釈をし、公事宿『巴屋』の暖簾《のれん》を潜った。

「あら、いらっしゃい。未《ま》だ叔父さんも房吉も帰っていないわよ」

おりんは、左近を迎えた。

「うむ……」

左近は、店にあがって帳場脇の小部屋に入り、壁に寄り掛かった。

「はい。どうぞ……」

おりんは、茶を淹《い》れて左近に出した。

「忝《かたじけな》い……」

左近は、礼を述べて茶を飲んだ。

「お昼は……」

「未《ま》だだ……」

「じゃあ、仕度が出来たら報《しら》せますよ」

「うむ……」

おりんは台所に行き、左近は壁に寄り掛かって腕を組み、眼を瞑《つむ》った。


昼下がり。

公事宿『巴屋』のある馬喰町の通りには、多くの人が行き交った。

彦兵衛と房吉は、公事訴訟人と町奉行所から戻って来た。

「やあ。お呼び立てして……」

彦兵衛は、左近に小さく頭を下げた。

「して、何か……」

左近は、彦兵衛から『巴屋』に来るように使いを貰《もら》っていた。

「そいつなんですがね。昨日、御旗本《はたもと》の笠原采女正《かさはらうねめのしよう》さまに呼ばれましてね」

「笠原采女正……」

笠原采女正は、三千石取りの無役の寄合《よりあい》であり、彦兵衛は昔から駿河台《するがだい》の屋敷に出入りを許されていた。

「ええ。で、過日、古い掛軸を盗まれたと仰《おつしや》いましてね」

彦兵衛は告げた。

「古い掛軸……」

左近は訊き返した。

「ええ。春の風景の描かれた絵の掛軸だそうです……」

「春の風景。で、古い掛軸を盗んだ者に心当たりはあるのですか……」

「二月《ふたつき》前に雇ったおこまと云う年増《としま》の台所女中が姿を消したそうです」

「おこまと云う年増の台所女中ですか……」

「ええ。用人《ようにん》の柴田伝兵衛《しばたでんべえ》さまによれば、おこまの請人《うけにん》は、御出入りを許されている下谷《したや》の骨董《こっとう》屋梅宝《ばいほう》堂主の喜八《きはち》さんだそうです」

「梅宝堂の喜八……」

「はい……」

「して、盗まれた古い掛軸、名のある絵師の描いた絵なのですか……」

「それが、その梅宝堂の喜八が持ち込んで来た掛軸だそうでしてね。名のある絵師の描いた絵でも由緒のある物でもなく、ただ春の風景が描かれている絵だとか……」

「名のある絵師の描いた絵でも由緒のある物でもない……」

左近は眉をひそめた。

「ええ。ですが、おこまはその古い掛軸を盗んで姿を消した」

「古い掛軸を笠原采女正に売ったのは骨董屋梅宝堂の喜八。そして、盗んだと思われる台所女中のおこまの請人も喜八……」

「左近さん、ひょっとしたら……」

彦兵衛は、緊張を滲《にじ》ませた。

「うむ。おこまは古い掛軸を狙って梅宝堂喜八に近付き、最初から古い掛軸を盗むつもりで笠原さまの屋敷に奉公した……」

左近は読んだ。

「ええ。だとしたら、気になりますね、おこまの素性が……」

彦兵衛は、左近を誘うように笑った。

「して、笠原采女正、事の次第を調べてくれと云っているのですか……」

左近は、彦兵衛の腹の内を読んだ。

「ええ……」

彦兵衛は頷《うなず》いた。

「骨董屋梅宝堂、下谷の何処《どこ》ですか……」

左近は尋ねた。

「喜八に逢ってみますか……」

彦兵衛は笑った。

「先《ま》ずは……」

左近は頷いた。


不忍池《しのばずのいけ》には夕陽が映《は》えた。

骨董屋『梅宝堂』は、下谷広小路傍《そば》の上野元黒門町《うえのもとくろもんちょう》の裏通りにあった。

左近は、骨董屋『梅宝堂』の前に佇《たたず》んだ。

骨董屋『梅宝堂』は、店先に大狸《おおだぬき》の信楽焼《しがらきやき》が飾ってあった。

左近は、店の中を窺《うかが》った。

店の中は薄暗く、仏像、彫像、書画、茶碗、壺などの骨董品が所狭しと置いてあった。そして、奥の帳場では中年の男が古い馬の置物を磨いていた。

主の喜八か……。

「御免……」

左近は、骨董屋『梅宝堂』の暖簾を潜った。

「これは御武家さま、いらっしゃいませ」

中年の男は、左近を迎えた。

「おぬし、梅宝堂の主の喜八か……」

左近は尋ねた。

「いいえ。手前は番頭の善助《ぜんすけ》でして、主の喜八は出掛けておりますが……」

番頭の善助は、申し訳なさそうに頭を僅《わず》かに下げた。

「何処《どこ》に行ったのかな……」

「さあて。雪舟《せっしゅう》の墨絵を売りたいって話が持ち込まれましてね。主の喜八は書画骨董に眼のない御旗本のお殿さまに……」

「売り込みに行ったか……」

「はい。あの、お侍さまは……」

善助は眉をひそめた。

「私は公事宿『巴屋』の者でな。旗本笠原さまの屋敷で盗まれた掛軸を探している」

「ああ。笠原さまの……」

善助は、笠原屋敷の掛軸盗難事件を知っていた。

「うむ。盗んだと思われている台所女中のおこまの請人は、主の喜八だそうだな」

「え、ええ……」

善助は、微《かす》かに狼狽《うろた》えた。

「喜八とはどのような拘《かか》わりなのかな……」

左近は、善助の微かな狼狽《ろうばい》を見逃さなかった。

「話してもらおうか……」

左近は、善助を見据えた。

「そ、それは……」

善助は、額に汗を滲《にじ》ませた。

左近は苦笑した。

おこまは、喜八が手に入れた掛軸を探して骨董屋『梅宝堂』を訪れた。だが、掛軸は喜八が既に旗本の笠原釆女正に売ってしまっていた。それを知ったおこまは、笠原屋敷に潜り込むため、喜八を色仕掛けで誑《たら》し込み、請人にした。そして、おこまは笠原屋敷の台所女中になった。

左近は、番頭の善助から骨董屋『梅宝堂』主の喜八がおこまの請人になった経《いき》緯《さつ》を聞いた。

おこまは、そこ迄して笠原屋敷に潜り込み、掛軸を盗み去った。

名のある絵師の描いた絵でも、由緒のある物でもない掛軸を……。

掛軸に何が秘められているのか……。

そして、おこまとは何者なのか……。

只《ただ》の年増じゃあないのは確かだ。

左近は読んだ。

何《いず》れにしろ、番頭の善助はおこまについて何も聞かされてはいなかった。

左近は、骨董屋『梅宝堂』喜八の帰って来るのを待つ事にした。


夕陽は沈み、不忍池は大禍時《おおまがとき》の青黒さに覆われた。

左近は、骨董屋『梅宝堂』の見える不忍池の畔《ほとり》に佇み、商売に行っている喜八の帰りを待った。

番頭の善助の話では、主の喜八は初老の肥《ふと》った男だ。

左近は、薄暗い不忍池の畔で待った。

薄暗い不忍池の畔《ほとり》を男がやって来た。

左近は、男を見詰めた。

男は、羽織を着た旦那風で肥《ふと》っていた。

骨董屋『梅宝堂』喜八……。

左近は、羽織を着た肥った男に向かった。

風が吹き抜け、不忍池の水面に小波《さざなみ》が走り、畔の木々の梢《こずえ》が揺れた。

殺気……。

左近は、不意に鋭い殺気を感じた。

鋭い殺気は、羽織を着た肥った男に向けられている。

左近は、地を蹴って羽織を着た肥った男に向かって走った。

頰被《ほっかむ》りをした人足姿の男が雑木林から現れ、羽織を着た肥った男に獣のように飛び掛かった。

刃が蒼白《あおじろ》く煌めいた。

左近は、咄嗟《とっさ》に殺気を放った。

頰被りをした人足姿の男は、左近の殺気から逃れるように跳んだ。

羽織を着た肥った男は、喉元を斬り裂かれて血を飛ばして倒れた。

左近は、羽織を着た肥った男に駆け寄った。

羽織を着た肥った男は、斬り裂かれた喉から血を溢《あふ》れさせていた。

「骨董屋の梅宝堂喜八か……」
左近は、羽織を着た肥った男に尋ねた。
「ああ……」
羽織を着た肥った男は、肉付きの良い顔を苦しく歪《ゆが》めて呻《うめ》いた。
やはり、骨董屋『梅宝堂』の主喜八だった。
次の瞬間、喜八は喉を笛のように鳴らして息絶えた。
左近は、辺りに頰被りをした人足姿の男の気配と殺気を探した。
気配は不忍池の畔の雑木林にあり、微かな殺気が放たれていた。
左近は、雑木林を見据えた。
刹那《せつな》、雑木林に潜んでいた気配と殺気は消えた。
消えた……。
左近は見定め、喜八の死体の傍に戻って詳しく検《あらた》めた。
喜八の肉の厚い首は、鮮やかに切り裂かれていた。
忍び……。
左近は、喜八を殺した頰被りをした人足の素性を忍びの者だと読んだ。
骨董屋『梅宝堂』喜八殺しは、笠原屋敷の掛軸の一件と繫《つな》がりがあるのか……。

繋がりがあるのなら、掛軸の一件には忍びの者が拘わっているのか……。

笠原屋敷の掛軸の一件には、思わぬ事が秘められているのかもしれない。

だとしたら、面白い……。

左近は、不敵な笑みを浮かべた。

神田《かんだ》駿河台の笠原屋敷は表門を閉め、出入りする者も少なかった。

手入れされた中庭には、鹿威《ししおど》しの甲高い竹の音が響いていた。

彦兵衛と左近は、用人柴田伝兵衛に誘われて屋敷の座敷に進んだ。

「待たせたな……」

笠原釆女正が、彦兵衛と左近の待つ座敷に入って来た。

「これは笠原さま……」

彦兵衛は挨拶をした。

「やあ、彦兵衛。おぬしが……」

笠原は彦兵衛に会釈を返し、左近に笑い掛けた。

「公事宿巴屋の出入物吟味人、日暮左近です」

左近は名乗った。

「うむ。笠原采女正だ。して、骨董屋『梅宝堂』の喜八が殺されたと云うのはまことか……」

「昨日、私が逢いに行き、帰りを待っていた時、不忍池の畔で喉を切り裂かれまして……」

左近は告げた。

「喉を切り裂かれて……」

笠原は眉をひそめた。

「只の一刀で……」

「そうか。して、訊きたい事とは何かな……」

「奪われた掛軸。どのような物ですか……」

「うむ。遠くに寺の見える田舎の景色が描かれていてな。名のある絵師が描いたものでも、謂《いわ》れがある訳でもなくてな。只、その絵に描かれた長閑《のどか》さが気に入り、喜八から十五両で買ったのだ」

「その絵に描かれた場所は……」

「さあな。それは分からぬ……」

笠原は首を捻《ひね》った。

「分かりませぬか……」

「うむ。寺も何処のものとも分からぬ……」

笠原は眉をひそめた。

掛軸に描かれている絵は、遠くに寺の見える田舎の景色だった。

「そうですか。ならば、おこまなる女については……」

左近は尋ねた。

「おお。おこまに関しては、柴田に訊くが良い。柴田……」

笠原は苦笑し、用人の柴田伝兵衛を促した。

「はい。おこまなる女、歳の頃は三十過ぎの年増であり、真面目な働き者でした」

用人の柴田は告げた。

「真面目な働き者……」

「左様。人の嫌がる仕事を率先してやったり、云われた事は直ぐにやると、台所女中を始めとした奉公人仲間の間でも評判が良かったのですが……」

柴田は、微かな戸惑いを滲ませた。

「何か気になる事でも……」

　左近は促した。

「うむ。おこまは肉付きの良い女でしてな。時々、妙に色っぽい眼をしたとか……」

　柴田は眉をひそめた。

「左様ですか……」

　おこまは、己の身体を武器にしている。

　只の泥棒ではなく、筋金入りの女盗賊なのかもしれない。

　左近は知った。

「して柴田さま。おこまについて他に何か気になった事は……」

　彦兵衛は尋ねた。

「うむ。朋輩《ほうばい》の台所女中によれば、来た時から荷物も少なく、故郷や家族を示す物は何一つ持ってはいなく、身の上話をする事もなかったと……」

「でしょうな……」

　左近は頷いた。

「日暮、何か気付いたのか……」

笠原は、左近に興味深げな眼を向けた。

「おこまは最初から喜八の売った掛軸を狙って御屋敷に潜り込んだ女盗賊……」

左近は告げた。

「女盗賊……」

「おそらく、骨董屋梅宝堂喜八は、おこまの素性に気が付いたため、口封じに殺されたものかと……」

左近は読んだ。

「ならば、あの掛軸には……」

笠原は、厳しさを滲ませた。

「はい。何か秘密が隠されているものかと思われます」

左近は睨《にら》んだ。

「秘密とは面白い。日暮、探索を進めてくれ」

笠原は、楽しげに笑った。

「はい……」

左近は、笑みを浮かべて頷いた。

おこまは女盗賊であり、忍びの者と繋がりがある。

左近は読んだ。

「おこまは女盗賊ですか……」

彦兵衛は眉をひそめた。

「ええ。間違いないでしょう」

左近は頷いた。

「女盗賊、どんな者がいるのか、青山《あおやま》さまに訊いてみますか……」

〝青山〟とは、北町奉行所吟味方与力《ぎんみかたよりき》の青山久蔵《きゅうぞう》だった。

「そうですね……」

左近は頷き、彦兵衛と共に神田駿河台から外濠《そとぼり》に架かる呉服《ごふく》橋御門内の北町奉行所に向かった。


非番月の北町奉行所は表門を閉め、人々は潜り戸から出入りをしていた。

吟味方与力の青山久蔵は、彦兵衛と左近を用部屋に通した。

「やあ。珍しいな……」

青山は、彦兵衛と左近に笑い掛けた。

「御無沙汰をしております……」

彦兵衛と左近は、青山に挨拶をした。

「して、用ってのはなんだい……」

青山は笑い掛けた。

「はい。実は手前が御出入りを許されているお旗本家の掛軸が台所女中に化けた女盗賊に盗まれましてね」

彦兵衛は、笠原采女正の名を出さずに事の次第を告げた。

「ほう。女盗賊か……」

青山は苦笑した。

「はい。で、今はどのような女盗賊がいるのか、教えていただきたくてお伺《うかが》い致しました」

「うむ。女盗賊は、大方の盗賊一味に一人や二人はいるが、名高い者は須走《すばしり》おとら、七化《ななばけ》おりょう、おさらばお玉《たま》、雲切《くもきり》おまち、三毛猫おきょうの五人ぐらいだな」

青山は、五人の女盗賊の名をあげた。

「その中で歳の頃は三十前後の年増で、肉付きの良い身体で色っぽい眼付きの女盗賊、いますか……」

「おさらばお玉かもしれねえな……」

青山は読んだ。

「おさらばお玉……」

左近は眉をひそめた。

「うん。色仕掛けでお店《たな》の旦那や番頭に近付き、金蔵の場所を突き止め、錠前の合鍵を作って盗賊一味に高く売る一人働きの女盗賊だ」

青山は告げた。

「成《な》る程《ほど》、おさらばお玉ですか……」

左近は微笑んだ。

二

おこまは、女盗賊のおさらばお玉なのかもしれない。

左近は、公事宿『巴屋』に戻る彦兵衛と別れ、神田川沿いの柳原《やなぎわら》通りに向かった。

柳原通りは神田川沿いにあり、神田八《や》ツ小路《こうじ》から両国《りょうごく》広小路を結んでいた。

左近は、神田八ツ小路から柳原通りに出た。そして、両国広小路に向かった。

途中、神田川に架かっている和泉《いずみ》橋があり、その手前に柳森《やなぎもり》稲荷がある。

左近は、柳森稲荷に曲がった。

柳森稲荷前の空地には、古着屋、七味唐辛子売り、古道具屋などの露店が並び、奥に葦簀《よしず》張りの飲み屋があった。

左近は、柳森稲荷と露店の間を進んで葦簀張りの飲み屋に入った。

「邪魔をする……」

「おう……」

飲み屋の老亭主の嘉平《かへい》が、手桶の酒を大樽に注ぎながら左近を一瞥《いちべつ》した。

「そいつを貰おうか……」

左近は鼻を利かせた。

「こいつは料理屋の飲み残しの寄せ集めだ……」

嘉平は、料理屋の飲み残しを只同然で買い集め、貧乏人に安く売っていた。そして、嘉平は小さな樽の酒を湯呑茶碗に満たして左近に差し出した。

左近は、湯呑茶碗の酒を飲んだ。

「本物の下《くだ》り酒だ」

嘉平は笑い掛けた。

「美味《うま》い……」

左近は、湯呑茶碗の酒を味わい、嘉平に一朱《しゅ》銀を差し出した。

「釣りがねえ」

「そいつは良い……」

左近は、湯呑茶碗の酒を飲んだ。

「そうか。じゃあ、なんだい……」

嘉平は、一朱銀を握り締めて左近に探る眼差《まなざ》しを向けた。

「女盗賊に雇われて働いているはぐれ忍びを知らぬか……」

左近は尋ねた。

「女盗賊に雇われて働いているはぐれ忍び……」

嘉平は、白髪眉をひそめた。

「ああ……」

左近は頷いた。

「女盗賊に雇われて働いているかどうかは知らねえが、男好きのする年増に可愛がられているはぐれ忍びはいるぜ……」

嘉平は笑った。

「何処の誰だ……」

「木曾《きそ》忍びの抜け忍《にん》、天竜《てんりゅう》の五郎《ごろう》……」

嘉平は元風魔《ふうま》の抜け忍であり、今は抜け忍やはぐれ忍びに秘かに仕事の周旋《しゅうせん》をしている情報通だった。

「何処にいる……」

「可愛がってくれる年増は、神楽坂《かぐらざか》は市谷田町《いちがやたまち》四丁目辺りに住んでいるそうだ」

「年増の名は……」

「さあ。そこ迄はな……」

嘉平は苦笑した。

「分からぬか……」

木曾忍びの抜け忍、天竜の五郎……。

神楽坂は市谷田町四丁目に網を張れば、忍びの者の割り出しは造作《ぞうさ》もない。

木曾忍びの抜け忍、天竜の五郎……。

天竜の五郎を見付け出せば、可愛がっている年増が浮かぶ。

そして、その年増が笠原屋敷から掛軸を盗んだおこま、女盗賊のおさらばお玉かどうか見極める。

左近は、神楽坂に向かった。

外濠《そとぼり》には水鳥が遊び、水飛沫《しぶき》が煌めいた。

左近は、外濠に架かっている牛込《うしごめ》御門外にある神楽坂を上がった。

神楽坂には多くの人が行き交っていた。

左近は、神楽坂の途中にある市谷田町四丁目の木戸番に向かった。

神楽坂、市谷田町四丁目の老木戸番は、炭団《たどん》、草履、笊《ざる》、笠、渋団扇《しぶうちわ》などの荒物《あらもの》雑貨の並ぶ店先の掃除をしていた。

「ちょいと尋ねるが……」

左近は、老木戸番に声を掛けた。

「はい……」

老木戸番は、左近を振り返った。

「此《こ》の辺りにお玉と云う年増と五郎と云う男は暮らしていないかな……」

左近は訊いた。

「お玉と云う年増と五郎ですか……」

老木戸番は、戸惑いを浮かべた。

「うむ……」

「何をしている人たちですか……」

「さあて、何をしているか……」

左近は苦笑した。

「分からないのですか……」

老木戸番は眉をひそめた。

「うむ。お玉は色っぽくて、ひょっとしたら、おこまと名乗っているかもしれぬ。で、五郎はお玉より若く、身が軽い奴だ」

左近は、老木戸番を見詰めた。

「色っぽい年増と身の軽い若い男ねえ……」

老木戸番は首を捻った。

「ああ……」

「何か、見掛けたような気がするな……」

「そうか。ならば父《と》っつぁん、ちょいと店先を貸してくれぬか……」

左近は、老木戸番に素早く小粒を握らせた。

「え、ええ……」

老木戸番は、戸惑いながらも小粒を握り締めた。

左近は、木戸番の縁台《えんだい》に腰掛け、行き交う人々の中に色っぽい年増と若い浪人を捜した。

おこまらしい年増と木曾忍びの抜け忍天竜の五郎らしき男は、容易に見付からなかった。


夕陽が差し込み、神楽坂を行き交う者の影を長く伸ばし始めた。

左近は、行き交う人々を眺めた。

浪人がやって来た。

左近は、浪人の足取りを見守った。

浪人は、油断のない足取りだが、何分《なにぶん》にも中年で貧相な体格をしていた。

女盗賊に可愛がられている若い男とは、到底思えない。

左近は、中年浪人を遣《や》り過ごした。

これでどのぐらいの数の男が通り過ぎて行ったのか……。

左近は、粘り強く見張った。

縞《しま》の半纏《はんてん》を着た若い遊び人が、軽い足取りでやって来た。

左近は見守った。

縞の半纏を着た若い遊び人は、木戸番屋内にいる左近の前に差し掛かった。

刹那、左近は微《かす》かな殺気を放った。

縞の半纏を着た若い遊び人は、咄嗟に身構えた。

次の瞬間、左近は素早く木戸番屋内の暗がりに身を潜め、微かな殺気を消した。

縞の半纏を着た若い遊び人は、戸惑いを浮かべて周りを見廻した。

周りには人々が行き交っているだけだった。

殺気を放ったと思われる不審な者は、何処にもいなかった。

勘違い……。

縞の半纏を着た若い遊び人は、微かな殺気を己の勘違いと思い苦笑した。そして、市谷田町四丁目の奥に進んで行った。

左近は木戸番屋から現れ、縞の半纏を着た若い遊び人を尾行《つけ》始めた。

微かな殺気に気が付いた若い遊び人は、武士か忍びの者に間違いない。

何《いず》れにしろ、武術の修行をした者の反応なのだ。

左近は睨み、若い遊び人を慎重に尾行た。

若い遊び人は、裏通りに進んで板塀《いたべい》の廻された仕舞屋《しもたや》に入った。

左近は見届けた。

さあて、どうする……。

左近は、辺りを見廻した。

小間物《こまもの》の行商人が、斜向《はす》かいの仕舞屋から出て来た。

左近は、小間物の行商人に駆け寄った。

「ちょいと尋ねるが……」

「はい。何でしょうか……」

小間物の行商人は、戸惑いを浮かべて立ち止まった。

「此の板塀を廻した仕舞屋、誰の家か知っているかな」

左近は、小間物の行商人に素早く小粒を握らせた。

「これはどうも。あの仕舞屋は、芸者上がりのおまささんって三味線の師匠の家ですよ」

小間物の行商人は、小粒を握り締めた。

「芸者上がりのおまさ……」

「ええ。もっとも三味線の師匠といっても、出稽古が主らしいですがね」

小間物の行商人は苦笑した。

「出稽古か……」

三味線の師匠のおまさは、お店の娘や旦那、旗本屋敷の隠居などの弟子がおり、出稽古に行っていた。もしも、おまさが女盗賊ならば、その時に金蔵の場所などを探っているのかもしれない。

左近は読んだ。

「で、おまさは一人暮らしなのかな……」

「いえ。おくまって飯炊き婆さんと二人暮らしだそうですよ」

「飯炊き婆さんのおくまか……」

「ええ……」

「して、おまさ、どんな女なのかな……」

「そりゃあもう、男好きのする色っぽい年増ですよ」

「色っぽい年増か。して、縞の半纏を着た若い遊び人が出入りしているようだが

「……」

「ああ。きっと出稽古に行く時の箱屋《はこや》ですよ」

〝箱屋〟とは、三味線を箱に入れて芸者のお供をする男のことを称する。

「そうか、箱屋か……」

左近は頷いた。

「旦那、そろそろ……」

小間物の行商人は、沈む夕陽を気にした。

「ああ。造作《ぞうさ》を掛けたな」

左近は、小間物の行商人を放免した。

小間物の行商人は、小粒を握り締めて立ち去った。

左近は見送った。

芸者上がりの三味線の師匠おまさと箱屋の若い男は、おこまこと女盗賊のおさらばお玉と木曾忍びの抜け忍天竜の五郎なのかもしれない。

見定めなければならない……。

左近は、夕暮れに覆われ始めた板塀の廻された仕舞屋を見据えた。

行燈《あんどん》の明かりは、酒を飲む彦兵衛、左近、下代の房吉を照らしていた。

「神楽坂は市谷田町四丁目に住んでいる三味線の師匠おまさですか……」

彦兵衛は、猪口《ちょく》の酒を飲み干した。

「ええ。出稽古が専《もっぱ》らの師匠でしてね。お店の娘や旦那、旗本の隠居などの弟子がいるそうですよ」

左近は、手酌で酒を飲んだ。

「で、お店や御屋敷に出稽古に行き、押込《おしこ》みの下調べをしますか……」

彦兵衛は読んだ。

「おそらく……」

左近は頷いた。

「で、箱屋の若い男が、骨董屋梅宝堂喜八を殺した忍びの者なんですか……」

下代の房吉は、酒を飲んだ。

「うむ。私の放った微かな殺気に気付き、咄嗟に身構えた身のこなし。木曾忍びの抜け忍、天竜の五郎に間違いあるまい」

「女盗賊と抜け忍。盗んだ掛軸にはどんな秘密が隠されているんですかね」

房吉は眉をひそめた。

「分からないのはそこです。掛軸の絵は、長閑な景色が描かれた絵だそうですが、何が秘められているのか……」

左近は苦笑した。

「面白そうですね」

房吉は、手酌で酒を飲んだ。

「房吉……」

彦兵衛は苦笑した。

「旦那、あっしの公事訴訟は片が付いたので、左近さんの手伝いをしても構いませんか……」

房吉は、彦兵衛に酌をした。

「私は構わないが、左近さん……」

彦兵衛は、左近に向き直った。

「房吉さんが手伝ってくれるなら大助かりですよ」

左近は笑った。

神楽坂は、外濠に架かっている牛込御門外から続いている。

市谷田町四丁目は神楽坂の途中にあり、板塀の廻された仕舞屋は裏通りにあった。

「あの仕舞屋ですか……」

房吉は、板塀の廻された仕舞屋を眺めた。

「ああ……」

左近は頷いた。

板塀の木戸門が開いた。

左近と房吉は、素早く物陰に隠れた。

痩せた老婆が現れ、掃除を始めた。

「飯炊き婆さんのおくまですか……」

房吉は睨んだ。

「ええ……」

左近は頷いた。

飯炊き婆さんのおくまは、掃除をしながら辺りを窺った。

鋭く油断のない眼だった。

只の飯炊き婆さんじゃあない……。

左近は気付いた。

おくまは、板塀の周囲の掃除を終え、辺りを見廻して木戸門内に入った。

左近は見届けた。

房吉は、小さな息を吐いて緊張を解いた。

「おくま、只の飯炊き婆さんじゃあない」

「ええ。盗賊の一味ですね」

房吉は苦笑した。

流石《さすが》は房吉だ……。

房吉は、公事宿の下代になる前、親の敵を討つために縁の下に何日も潜んで本懐を遂げた男だ。腹が据わり、腕も度胸もある。

左近は、房吉の鋭い読みに感心した。

刻《とき》が過ぎた。

左近と房吉は、見張りを続けた。

仕舞屋を囲む板塀の木戸門が開いた。

左近と房吉は身を潜めた。

縞の半纏を着た若い男が、辺りを油断なく窺いながら出て来た。

「箱屋ですか……」

「ええ。おそらく木曾忍びの抜け忍、天竜の五郎……」

左近は睨んだ。

天竜の五郎は、辺りに不審な者がいないと見定めて木戸門内に声を掛けた。

粋《いき》な形《なり》の年増が現れた。

「あの年増が三味線の師匠のおまさですか……」

房吉は、粋な形の年増を見詰めた。

「きっと。で、笠原屋敷から掛軸を盗んだおこまであり、女盗賊のおさらばお玉かもしれません……」

左近は、出掛けて行くおまさと三味線箱を抱えて続く天竜の五郎を見詰めた。

「三味線の出稽古ですかね」

房吉は読んだ。

「そんな様子ですね……」

左近は、おまさと天竜の五郎を追った。

房吉は続いた。

おまさと天竜の五郎は、神楽坂に向かった。

外濠には水鳥が遊び、水飛沫が煌めいていた。

神楽坂を下りたおまさと五郎は、外濠沿いの道を小石川《こいしかわ》御門の方へ進んだ。

左近と房吉は、慎重に尾行《つけ》た。

おまさと五郎は、神田川に架かっている昌平《しょうへい》橋を渡り、神田八ツ小路に出た。

左近と房吉は尾行た。

おまさと五郎は、多くの人が行き交う神田八ツ小路を横切って神田須田町《すだちょう》の通りに進んだ。

神田須田町の通りは日本橋に続いている。

おまさと五郎は、神田須田町の呉服屋『越乃屋《こしの》』の暖簾を潜った。

左近と房吉は見届けた。

「越乃屋ですか……」

房吉は、店の看板を眺めた。

「ええ。只の三味線の出稽古かどうか……」

左近は読んだ。

「押込みの下調べですか……」

房吉は、左近の腹の内を読んだ。

「かもしれない……」

「じゃあ、ちょいと訊いて来ますか……」

房吉は、呉服屋『越乃屋』の裏手に廻って行った。

左近は、呉服屋『越乃屋』を眺めた。

呉服屋『越乃屋』の前を多くの人が行き交っていた。

左近は、遊び人風の男が呉服屋『越乃屋』の店内を覗《のぞ》いているのに気が付いた。

何だ……。

左近は気になった。

遊び人風の男は、店先から離れて斜向かいに走った。

左近は、斜向かいを窺った。

斜向かいの路地には浪人がいた。

遊び人風の男は、路地にいた浪人と呉服屋『越乃屋』を見ながら言葉を交わしていた。

何者たちだ……。

左近は眉をひそめた。

母屋からは三味線の音が響いていた。

「ええ。三味線の師匠のおまささんが、お嬢さまに教えている最中ですよ」

女中頭は、房吉に渡された小粒を握り締めて三味線の音の聞こえる母屋を示した。

「そうですかい。で、おまささん、箱屋を連れて来ていますよね」

「ええ。五郎って若い燕《つばめ》をね……」

女中頭は、羨《うらや》ましそうに笑った。

「やっぱり、そうなんだ……」

房吉は笑った。

「ええ。おまささん、どうかしたのかい……」

女中頭は、房吉に楽しげに訊いた。

「知り合いの御隠居が囲いたいと仰いましてね。それで、ちょいと身の廻りを調べてくれと頼まれましてね」

房吉は苦笑した。

「あら。だったら、ちょいと考えた方が良いかもしれないね」

「どうやら、そんなところですか。ところで越乃屋の旦那、書画骨董に凝っていらっしゃるんですかい……」

房吉は、何気なく話題を変えた。

「いいえ。うちの旦那は堅物《かたぶつ》でしてね。そんな道楽者じゃありませんよ」

女中頭は苦笑した。

「そうですか……」

房吉は頷いた。


遊び人風の男と浪人は、呉服屋『越乃屋』を見張り続けていた。

左近は見守った。

奴らは呉服屋『越乃屋』を見張っているのか、それとも訪れている三味線の師匠のおまさと箱屋の五郎を見張っているのか……。

左近は、想いを巡らせた。

「左近さん……」

房吉が呉服屋『越乃屋』の裏手から戻って来た。

「どうでした……」

左近は訊いた。

「越乃屋の娘の只の三味線の出稽古のようですね」

房吉は、己の睨みを告げた。

「そうですか。あれを……」

左近は、斜向かいの路地にいる遊び人風の男と浪人を示した。

「何ですか、あいつら……」

房吉は眉をひそめた。

「越乃屋を見張っているのか、おまさと五郎を見張っているのか……」

左近は告げた。

「へえ、何者ですかね……」

房吉は、遊び人風の男と浪人を見詰めた。

刻が過ぎた。

おまさと五郎が、番頭に見送られて呉服屋『越乃屋』から出て来た。

左近と房吉は、斜向かいの路地にいる遊び人風の男と浪人を窺った。

遊び人風の男と浪人は、呉服屋『越乃屋』を後にしたおまさと三味線箱を抱えた五郎を追った。

「どうやら、おまさと五郎ですか……」

「ええ……」

左近と房吉は、おまさと五郎を尾行する遊び人風の男と浪人を追った。

遊び人風の男と浪人は何者で、おまさと五郎に対して何をするつもりなのだ。

おまさと五郎は、神田八ツ小路に進んだ。

左近と房吉は追った。

三

おまさと三味線箱を抱えた五郎は、神田八ツ小路を横切って神田川に架かる昌平橋に進んだ。

遊び人風の男と浪人は追った。

左近と房吉は続いた。

おまさと五郎は、昌平橋を渡った。

遊び人風の男と浪人は続いた。
次の瞬間、おまさと五郎は振り返った。
遊び人風の男と浪人は、思わず立ち止まった。
五郎は嘲笑《あざわら》った。
おまさは、五郎から三味線箱を受け取って再び歩き出した。
五郎はその場に残り、遊び人風の男と浪人を鋭く見据えた。
人々は行き交っていた。
「左近さん……」
房吉は、緊張を浮かべた。
「おまさを……」
左近は短く告げた。
「承知……」
房吉は頷き、行き交う人々と一緒に昌平橋を渡っておまさを追った。
左近は、対峙する五郎と遊び人風の男と浪人を見守った。
おまさは遠ざかり、行き交う人々の陰に見え隠れした。
遊び人風の男は焦り、動いた。

刹那、五郎の手が素早く動き、煌めきが瞬《またた》いた。

遊び人風の男は顔を歪め、腹を押さえて蹲《うずくま》った。

浪人は驚き、刀の柄《つか》を握って身構えた。

棒手裏剣《ぼうしゆりけん》……。

左近は、五郎が遊び人風の男の腹に棒手裏剣を打ち込んだのを見逃していなかった。

恐るべき早技……。

五郎は、嘲笑を浮かべて次の棒手裏剣を秘かに握り締めた。

人々は、蹲った遊び人風の男を間に対峙している五郎と浪人を怪訝《けげん》に見ながら行き交った。

五郎は、嘲笑を浮かべたまま浪人との間合いを僅かに詰めた。

浪人は怯《ひる》み、蹲っている遊び人風の男を残して身を翻した。

五郎は嘲りを浮かべて見送り、蹲っている遊び人風の男に侮りと蔑《さげす》みの一瞥《いちべつ》を与えて踵《きびす》を返した。

左近は、蹲っている遊び人風の男に駆け寄った。

遊び人風の男は、血の滲む腹を抱え、尻を落として荒く息を鳴らしていた。

「おい。しっかりしろ……」

左近は励ました。

「た、助けて……」

遊び人風の男は、左近に縋《すが》り付いて掠《かす》れ声で必死に頼んだ。

「名前は……」

「せ、千吉《せんきち》……」

遊び人風の男は、掠れ声で苦しく名乗った。

「千吉か……」

左近は、遊び人風の男の名を知った。

「素性は……」

「赤目《あかめ》の佐平次《さへいじ》の身内……」

千吉は、諦《あきら》めたように告げた。

「赤目の佐平次か……」

「ああ。頼む。助けてくれ……」

千吉は、涙を零《こぼ》して頼んだ。

「分かった。今、医者に連れて行ってやる」

左近は、千吉の腹から棒手裏剣を引き抜き、血止めを始めた。

不忍池は煌めいた。

おまさは、不忍池の畔を足早に進んだ。

房吉は、慎重に尾行た。

不忍池の畔には、古い茶店があった。

おまさは茶店に入り、店主の老婆に茶を注文して縁台に腰掛けた。

後から畔を来る者はいない。

おまさは、鋭い眼差しで尾行て来る者のいないのを見定めた。

「おまちどおさま……」

老婆が、おまさに茶を持って来た。

「ありがとう……」

おまさは、老婆にお代を払って茶を飲んだ。

房吉は、雑木林に潜んで茶店で茶を飲むおまさを見守った。

これからどうする……。

房吉は、おまさを見守った。

店主の老婆は、縁台に腰掛けて茶を飲むおまさの傍らで店先を片付け、笑顔で言葉を交わし始めていた。

僅かな刻が過ぎた。

不忍池の畔を五郎がやって来た。

五郎だ……。

房吉は緊張した。

「婆さん、茶を頼むよ」

五郎は、老婆に茶を頼んでおまさの隣に腰掛けた。

「はい……」

老婆は、茶店の奥に茶を淹れに入った。

「どうだった……」

おまさは、厳しい面持《おもも》ちで尋ねた。

「姐さんの睨み通り、赤目一味の奴らだ」

五郎は苦笑した。

「やはり、赤目か……」

「うむ。遊び人の腹に手裏剣を叩き込んでやったら、浪人は尻に帆を掛けた」

五郎は蔑んだ。

「そうか。赤目の佐平次、今頃になって手を出して来るなんて……」

おまさは吐き棄《す》てた。

「おまちどおさま……」

老婆が五郎に茶を持って来た。

「ああ。で、次は……」

五郎は、運ばれた茶を啜《すす》った。

「今、三毛猫が動いていてね。その首尾《しゅび》を見極めてからだそうだよ」

おまさは、艶《つや》っぽい笑みを浮かべた。

おまさと五郎は、茶を飲みながら話を続けていた。

房吉は、雑木林から見守った。

五郎が無事に現れたところをみると、遊び人風の男と浪人を甚振《いたぶ》って追い払ったのだ。

かなりの遣い手……。

房吉は睨み、思わず身震いをした。

で、左近さんはどうしたのだ……。

房吉は現れない左近に戸惑いながら、おまさと五郎を慎重に見張り続けた。


左近は、千吉を医者に担ぎ込んだ。

だが、千吉は医者の手当ての甲斐《かい》もなく息を引き取った。

千吉は、赤目の佐平次の身内だと告げた。

赤目の佐平次とは何者なのか……。

左近は、柳森稲荷の嘉平を訪れた。

「赤目の佐平次……」

嘉平は眉をひそめた。

「うむ。知っているか……」

左近は尋ねた。

「ああ。聞いた事がある」

嘉平は、湯呑茶碗に酒を満たして左近に差し出した。

「何処かのはぐれ忍びか……」

左近は、湯呑茶碗の酒を飲んだ。

「いや、盗賊の頭《かしら》だ……」

「盗賊の頭……」

左近は眉をひそめた。

「ああ。見掛けた事はねえが、聞くところによれば、押込み先の者を殺《あや》め、女を犯し、有り金を根刮《ねこそ》ぎ奪う非道な盗賊一味の頭だそうだ」

嘉平は吐き棄てた。

「非道な盗賊か……」

「ああ。絡んでいるのかい、木曾忍びの抜け忍、天竜の五郎と……」

嘉平は読んだ。

「うむ。赤目の佐平次一味の者たちが、おまさと云う年増と天竜の五郎を尾行廻《つけまわ》し、一人斃《たお》された」

左近は告げた。

「そうか……」

「赤目の佐平次、何を企《くわだ》てているのかな」

「さあて。何を企《たくら》んでいるのか知らねえが、金を狙っての事に違いねえな」

嘉平は、嘲りを浮かべた。

「金か……」

三味線の師匠のおまさこと女盗賊おさらばお玉が、おこまと名乗って笠原屋敷から盗み出した掛軸には、盗賊赤目の佐平次一味も狙っている金の秘密が隠されているのかもしれない。

「ところで木曾のはぐれ忍び、天竜の五郎を可愛がっている年増、おまさって云うのか……」

嘉平は、薄笑いを浮かべた。

「ああ。三味線の師匠で、どうやら女盗賊のようだ」

「女盗賊か……」

「女盗賊に知っている者はいるかな」

「俺が若い頃には、須走おとら、七化おりょうなんてのもいたが、もう五十も過ぎて生きているのか死んでいるのか……」

嘉平は苦笑した。

須走おとらと七化おりょうは、青山久蔵の話にも出て来た名前だった。

「そうか……」

どうやら、女盗賊おさらばお玉と赤目の佐平次は、金を巡って対立をしている。

そして、盗まれた掛軸の絵には、その金の隠し場所が描かれているのだ。

左近は読んだ。

「嘉平の父っつあん、此処に出入りしている盗っ人の間に隠された大金の噂はないか……」

「さあ。聞かねえな……」

嘉平は首を捻った。

「ならば、探ってはもらえぬか……」

左近は頼んだ。

神楽坂の左右の家並みに明かりが灯された。

市谷田町四丁目の三味線の師匠おまさの仕舞屋からは、三味線の爪弾きが洩《も》れていた。

房吉は、物陰から見張っていた。

左近が現れた。

「どうですか……」

「あれから不忍池の畔の茶店に行き、五郎と落ち合いましてね。料理屋で仲良く一杯飲んで帰って来ましたよ」

房吉は苦笑した。

「そいつはご苦労でした」

「で、左近さんの方は……」

「遊び人風の千吉、天竜の五郎に手裏剣を腹に打ち込まれて死にましてね……」

左近は、新たに浮かんだ盗賊赤目の佐平次などの事を房吉に報せた。

「盗賊赤目の佐平次ですか……」

「ええ……」

左近は頷いた。

「で、盗まれた掛軸の絵に金の隠し場所が描かれているのですか……」

房吉は眉をひそめた。

「だと思うのですが。もし描かれているとしたら、とっくに取りに行っても良い筈《はず》なのですがね……」

左近は首を捻った。

「取りに行っていないところを見ると描かれちゃあいないか、盗んだ掛軸の絵だけじゃあ分からないとか……」

房吉は読んだ。

「ならば、盗まれた掛軸の絵のような物は他にもあるのかもしれないか……」

左近は睨んだ。

「ええ。違いますかね」

房吉は頷いた。

盗まれた掛軸の絵は、寺などの長閑な景色が描かれていた。

盗まれた笠原采女正によれば、何処の風景か迄は分からない。

何処の風景なのか……。

左近は、微かな苛立《いらだ》ちを覚えた。

笠原屋敷の座敷は静けさに満ちていた。

用人の柴田伝兵衛は、公事宿『巴屋』彦兵衛が持ち込んだ十枚程の風景画を眺めていた。

「如何《いかが》ですか……」

彦兵衛は、柴田を窺った。

「うむ……」

柴田は、十枚程の風景画を難しい顔をして見較《みくら》べ、何度も唸った。

碁や将棋は長考型だな……。

彦兵衛は苦笑した。

「よし。此《これ》だな……」

柴田は決めた。

「決まりましたか……」

彦兵衛は、身を乗り出した。

「うむ。盗まれた掛軸の絵、此が一番良く似ているな」

柴田が、一枚の風景画を押し出した。

「此ですか……」

彦兵衛は、絵を手に取って見た。

絵には、落葉や蔓草《つるくさ》が燃やされている田畑と田舎道。奥には満開の桜の木々と寺の屋根が描かれていた。

「うむ。何処と云って変哲のない田舎の里の絵だが、満開の桜の花の奥に寺の見える春の長閑な絵でな。ま、そいつが一番似ている絵だな。うん……」

柴田は、己の言葉に頷いた。

「そうですか……」

彦兵衛は、柴田が選んだ絵を眺めた。

田畑の焚火《たきび》は細い煙を昇らせ、田舎道の奥には満開の桜の木々と寺の屋根……。

「此ですか……」

左近と房吉は、彦兵衛の広げた絵を覗き込んだ。

絵は、柴田が盗まれた掛軸の絵に一番似ていると云ったものだった。

「何の変哲もない田舎の里の春の絵ですね」

左近は眉をひそめた。

「ええ。これじゃあ、何処の里で何て寺かも分かりませんね」

房吉は、絵を見詰めた。

「此《こ》の景色を見た事のある者なら、何処の里で何て寺か分かるのだろうが……」

彦兵衛は睨んだ。

「それとも、此のような絵の掛軸が他にもあり、そいつと突き合わせると何かが分かるのかもしれない……」

左近は読んだ。

「そいつは、まるで判じ物ですね」

房吉は苦笑した。

「おそらく、その判じ物です」

左近は頷いた。

「どういう事ですか……」

彦兵衛は眉をひそめた。

「彦兵衛の旦那、房吉さん。どうやら、盗まれた掛軸の絵には、大金の隠された場所が描かれており、女盗賊のおさらばお玉と盗賊の赤目の佐平次一味が狙っている……」

左近は、己の睨みを告げた。

「じゃあ、盗まれた掛軸の絵のような物は他にもある……」

房吉は読んだ。

「きっと。そして、おさらばお玉の仲間と赤目の佐平次たちが狙っているか、既に盗み出しているかもしれない」

左近は、不敵な笑みを浮かべた。

左近と房吉は、板塀に囲まれた三味線の師匠おまさの仕舞屋を見張った。

おまさこと女盗賊おさらばお玉と木曾のはぐれ忍びの五郎が、仕舞屋から出て来る事はなかった。

「左近さん……」

房吉は、裏通りの一方を示した。

二人の浪人がやって来た。

その内の一人は、殺された千吉と一緒にいた浪人だった。

「ええ。赤目一味の浪人ですね」

左近は見定めた。

二人の浪人は、板塀の廻された仕舞屋の前に立ち止まり、様子を窺った。

「女盗賊おさらばお玉の塒《ねぐら》を突き止めて来ましたか……」

房吉は読んだ。

「きっと……」

左近は頷いた。

「どうします」

房吉は、左近の出方を窺った。

「嚙み合わせてやりますか……」

左近は冷ややかな笑みを浮かべ、傍らの家の屋根に跳んだ。

左近は、屋根の上に潜み、おまさの仕舞屋と前の通りにいる二人の浪人を窺った。

仕舞屋の庭に人影は見えず、二人の浪人は板塀の内を覗いたりしていた。

左近は、屋根の瓦の割れた破片を拾い、おまさの仕舞屋の屋根に投げた。

瓦の破片は、おまさの仕舞屋の屋根に落ちて転がった。

木曾忍びの抜け忍、天竜の五郎はどう出るか……。

左近は、屋根の上に伏せて見守った。

天竜の五郎は、おまさの仕舞屋の屋根に現れ、油断なく辺りを窺った。そして、

仕舞屋の前にいる二人の浪人に気が付いた。

五郎は苦笑し、転がっていた瓦の破片を二人の浪人に投げた。

瓦の破片は、二人の浪人の間の地面に落ちて音を立てて砕け散った。

二人の浪人は、激しく狼狽《うろた》えてその場を離れた。

五郎は、屋根を蹴って通りに跳び下り、二人の浪人を追った。

よし……。

左近は、家並みの屋根伝《づた》いに二人の浪人を追う五郎に続いた。


房吉は、神楽坂に急ぐ二人の浪人と天竜の五郎、連なる屋根伝いに追って行く左近を見送った。そして、おまさの仕舞屋の見張りを続けた。


二人の浪人は神楽坂を下った。

天竜の五郎は追った。

左近は、家並みの屋根から下りて五郎に続いた。

五郎はどうする……。

二人の浪人を討ち果たすのか、それとも泳がせて盗賊赤目一味の塒を突き止めるのか……。

左近は、五郎の出方を読んだ。

もし、二人の浪人を討ち果たそうとした時はどうする。

浪人の一人を助けて泳がせ、盗賊赤目一味の塒を突き止めるか……。

左近は、想いを巡らせながら二人の浪人を追う天竜の五郎に続いた。

四

船河原橋《ふなかわら》は、外濠に流れ込む江戸川に架かっている。

外濠沿いの道を来た二人の浪人は、足早に船河原橋を渡った。

「待て……」

五郎は、二人の浪人を呼び止めた。

二人の浪人は、刀の柄を握って身構えた。

さあて、どうする……。

左近は、物陰に潜んで見守った。

天竜の五郎と二人の浪人は対峙した。

「赤目の佐平次は何処にいる……」

五郎は、嘲りを浮かべて訊いた。

「知らぬ……」

二人の浪人は、顔を見合わせて否定した。

「惚《とぼ》けるな。おさらばお玉を尾行《つけ》廻して見張るのは、隠し金を狙っての事だろう」

五郎は、二人の浪人を見据えた。

「黙れ……」

次の瞬間、浪人の一人が五郎に抜き打ちの一刀を放った。

五郎は、抜き打ちの一刀を掻い潜って苦無《くない》を閃《ひらめ》かせた。

浪人は喉元を斬られて血を飛ばし、江戸川に落ちた。

水飛沫が煌めいた。

残る浪人は後退《あとずさ》りした。

「赤目の佐平次は何処だ……」

五郎は、嘲りと侮りを浮かべて残る浪人に迫った。

「し、知らぬ……」

残る浪人は、恐怖に声を引き攣《つ》らせて後退りをした。

「吐け……」
五郎は、酷薄な笑みを浮かべた。
赤い血が苦無の鋒《きつさき》から滴り落ちた。
刹那、空《くう》を切る音が短く鳴り、石礫《いしつぶて》が五郎に飛来した。
五郎は、咄嗟に身を伏せた。
残る浪人は、身を翻して逃げた。
五郎は、身を伏せたまま石礫を投げた者の殺気を探した。
殺気はない……。
五郎は、戸惑いながらも油断なく苦無を握り締め、殺気を探した。
だが、やはり殺気は感じられなかった。
石礫を投げた者は既にいない……。
五郎は睨み、身を起こした。
辺りには、気味悪そうに五郎から眼を逸《そ》らして行き交う人々がいるだけだった。
残った浪人と石礫を投げた者は、既に姿を消していた。
石礫を投げたのは何者なのか……。
その気配は一切感じなかった。

忍び……。

五郎の勘が囁いた。

気配を一切感じさせず、石礫を投げたのは忍びの者なのだ……。

五郎は気が付いた。

盗賊赤目の佐平次一味には、己と同じ忍びの者がいるのかもしれない。

五郎は、全身に緊張が漲《みなぎ》るのを感じた。


浪人は、神田川沿いの道を足早に進んだ。

左近は尾行た。

浪人は、神田川に架かっている小石川御門、水道橋、昌平橋、筋違《すじかい》御門の前を過ぎて和泉橋に進んだ。

何処迄《どこまで》行くのだ……。

左近は追った。

浪人は、新《あたら》シ橋から浅草《あさくさ》御門に進み、御蔵前《おくらまえ》通りを北に曲がった。

御蔵前通りは、浅草御門から浅草広小路に続いている。

行き先は浅草か……。

左近は読んだ。

浪人は、浅草御蔵の前を進んで三好町《みよしちよう》に曲がった。

三好町の先には御厩河岸《おうまやがし》がある。

浪人は御厩河岸に進み、三好町の大川《おおかわ》沿いにある黒板塀に囲まれた料理屋のような建物に入った。

左近は見届けた。

黒板塀に囲まれた料理屋は、盗賊赤目の佐平次の隠れ家なのか……。

料理屋には、看板も暖簾もなかった。

左近は、黒板塀に囲まれた料理屋が何者の家なのか調べる事にした。


天竜の五郎は、足早に帰って来た。

房吉は見守った。

五郎は、油断のない鋭い眼差しで板塀に囲まれた仕舞屋の周囲を窺った。

房吉は、咄嗟に物陰で息を潜めた。

五郎は、仕舞屋の周囲に不審はないと見定めて素早く木戸門を潜った。

どうした……。

房吉は、五郎の動きに違和感を覚えた。

左近は戻って来ない。

盗賊赤目一味の浪人を追っているのかもしれない。

何《いず》れにしろ、おさらばお玉と天竜の五郎を見張るしかない。

房吉は、見張り続けた。

木戸門が開いた。

房吉は見詰めた。

飯炊き婆さんのおくまが現れ、辺りを見廻して神楽坂に向かって行った。

房吉は見送った。

板塀に囲まれた仕舞屋は、静けさに包まれていた。


御厩河岸の黒板塀に囲まれた家は潰《つぶ》れた料理屋であり、今は川越《かわごえ》の織物問屋『武州屋《ぶしゅう》』が買い取って江戸の寮にしていた。

三好町の木戸番は、左近に渡された小粒を握り締めて知っている事を話した。

織物問屋『武州屋』の寮には、留守番の老夫婦が住んでおり、いつも商売で江戸に出て来た『武州屋』の者たちが泊まっていた。

「して、武州屋の旦那、名前は何て云うのか知っているかな……」

左近は尋ねた。

「ええと。確か名前は、武州屋長左衛門《ちょうざえもん》と仰いましたか……」

「武州屋長左衛門。して、どんな旦那か分かりますかね」

「あの寮に来たところを何度か見掛けた事がありますが、五十過ぎの中肉中背。肥っているとか痩せているとかもない、普通の旦那さまですよ」

木戸番は告げた。

「眼はどうでした……」

左近は訊いた。

「眼、ですか……」

木戸番は、戸惑いを浮かべた。

「うむ。赤く血走った眼をしていなかったかな……」

左近は、織物問屋『武州屋』長左衛門が盗賊赤目の佐平次だと睨んだ。

「赤く血走った眼ですか……」

木戸番は困惑した。

「ええ……」

「さあ、眼迄は……」

木戸番は首を捻った。

「そうですか……」

左近は、三好町の木戸番と別れて黒板塀に囲まれた織物問屋『武州屋』の寮に戻った。


大川の御厩河岸の船着場には渡し船があり、様々な人が行き交っていた。

左近は、黒板塀に囲まれた織物問屋『武州屋』の寮を眺めた。

大川から吹き抜ける川風は、左近の鬢の解れ髪を揺らした。

『武州屋』の寮から痩せた老爺《ろうや》が現れ、足早に御蔵前の通りに急いだ。

よし……。

左近は追った。


仕舞屋を囲む板塀の木戸門が開いた。

房吉は、物陰に潜んで見詰めた。

天竜の五郎が現れ、鋭い眼差しで辺りを窺った。

そして、辺りに不審な者がいないと見定めて木戸門内に声を掛けた。

おさらばお玉が木戸門から出て来た。

五郎は、お玉に何事か囁いて神楽坂に向かった。

お玉は続いた。

房吉は、物陰を出て追った。


痩せた老爺は、御蔵前の通りから神田川に架かっている浅草御門に進んだ。

左近は尾行た。

痩せた老爺は浅草御門を渡らず、神田川沿いの北岸の道を西に曲がった。

神田川の流れは西日に煌めいた。

痩せた老爺は、新シ橋の袂《たもと》を通り過ぎて和泉橋に差し掛かった。そして、和泉橋を渡って神田八ツ小路に進んだ。

何処に行く……。

左近は追った。

痩せた老爺は、柳森稲荷に入った。

まさか……。

左近は、痩せた老爺の動きを読んだ。

「邪魔するよ……」

痩せた老爺は、嘉平の葦簀掛けの飲み屋に入った。

やっぱり……。

左近は、己の読みが当たったのに苦笑した。

「で、何の用だい、利平《りへい》さん……」

嘉平は、湯呑茶碗に安酒を満たし、利平と呼んだ痩せた年寄りに差し出した。

「腕利きの忍び、いるかい……」

痩せた年寄りの利平は、嘉平を見詰めた。

「忍び……」

嘉平は眉をひそめた。

「ああ。目障りな忍びの者がいてな。始末してもらいたい……」

痩せた老爺は、厳しい面持ちで告げた。

「忍びを忍びで消すか……」

嘉平は苦笑した。

「ああ。どうだ。腕利きの忍びはいねえか」

「相手は一人か……」

「ああ。女盗賊の情夫《いろ》だ」

「女盗賊の情夫……」

嘉平は眉をひそめた。

「どうだ、いるかな……」

「幾らだ……」

「いるのか……」

「ああ……」

「五両……」

「五両……」

嘉平は、思わず訊き返した。

「ああ……」

「忍び同士の殺し合いだ。十両はいる……」

「良いだろう。十両だ……」

「よし。じゃあ、明日の今頃、来てくれ」

嘉平は告げた。

「分かった。じゃあ……」

痩せた老爺は、湯呑茶碗の安酒を飲み干して出て行った。

嘉平は、無愛想に見送った。


痩せた年寄りの利平は、嘉平の葦簀張りの飲み屋から出て柳森稲荷を後にした。

おそらく御厩河岸の『武州屋』の寮に帰るのだ。

左近は見送り、嘉平の葦簀張りの飲み屋に入った。

「おう……」

嘉平の無愛想な声が迎えた。


「酒、貰おうか……」

左近は、嘉平に告げた。

「おう……」

嘉平は、湯呑茶碗に下り酒を満たして左近に出した。

左近は、湯呑茶碗の酒を飲んだ。

「盗っ人の利平の父っつあんが、天竜の五郎を始末する忍びを雇いたいと云って来た」

「やはりな……」

左近は苦笑した。

「五郎を狙う盗賊は赤目の佐平次か……」

「ああ……」

「利平の父っつあん、赤目の佐平次の一味だったとはな」

嘉平は笑った。

「うむ……」

「で、十両だが、やるかい……」

「そうだな……」

嘉平の周旋に乗れば、赤目の佐平次の企ては勿論《もちろん》、女盗賊おさらばお玉が掛軸を盗み取った狙いも分かるかも知れない。

乗るべき話だ……。

「よし……」

左近は、不敵な笑みを浮かべた。

神楽坂を上がり、毘沙門天《びしやもんてん》で名高い善国寺《ぜんこくじ》前を過ぎ、尚も進むと通寺町《とおりてらまち》となり幾つもの寺がある。

おさらばお玉と天竜の五郎は進んだ。

相手は女盗賊と忍びの者……。

房吉は、慎重に尾行た。

おさらばお玉と天竜の五郎は、通寺町から横寺町《よこでらまち》に曲がった。そして、長泉寺《ちようせんじ》という寺の脇道に入った。

房吉は追った。

脇道は長泉寺の裏手に抜け、背の高い垣根に囲まれた庵《いおり》の前に出た。

おさらばお玉と五郎は、背の高い垣根の木戸門を潜った。

房吉は、見届けて緊張を解いた。

庵の木戸門には、『清涼庵』の扁額《へんがく》が掛けられていた。

尼寺……。

房吉は見定めた。

尼寺『清涼庵《せいりようあん》』の庵主はどのような尼さまなのか……。

おさらばお玉と五郎は、何しに尼寺『清涼庵』に来たのか……。

尼寺『清涼庵』は、女盗賊に何らかの拘わりがあるのか……。

房吉は想いを巡らせた。


日本橋馬喰町の通りは多くの人が行き交っていた。

「邪魔をする」

塗笠《ぬりがさ》を被《かぶ》った着流しの武士は、公事宿『巴屋』の暖簾を潜って土間に入って来た。

「いらっしゃいませ……」

帳場にいたおりんは、着流しの武士を迎えた。

「私は青山久蔵と云う者だが、彦兵衛の旦那はいるかな……」

着流しの武士は、塗笠を取って名乗った。

北町奉行所吟味方与力の青山久蔵……。

「は、はい。彦兵衛はおります。どうぞ、お上がり下さい」

おりんは、青山に微笑み掛けた。

「して、青山さま。御用とは……」

彦兵衛は、わざわざ訪れた青山久蔵の用に微かな緊張を覚えた。

「うん。他でもねえ。室町《むろまち》の薬種《やくしゅ》問屋で掛軸が盗まれたぜ」

青山は小さく笑った。

「掛軸……」

彦兵衛は、思わず訊き返した。

「ああ。落葉に埋《うも》れた古い供養塔と六地蔵が描かれた絵の掛軸だそうだ」

青山は告げた。

「落葉に埋れた供養塔と六地蔵……」

彦兵衛は、落葉に埋れた古い供養塔と六地蔵の絵柄を思い浮かべた。

「ああ。で、盗んだのはどうやら出入りの薬の女行商人らしい……」

青山は、彦兵衛の反応を窺った。

「薬の女行商人……」

彦兵衛は眉をひそめた。

「ああ。おくみという名の年増だそうだ。ま、偽名だろうがな」

「ええ。きっと……」

「うむ。年増の女盗っ人が掛軸を盗む。お前さんたちが調べていた一件と拘わりがありそうだと思ってな」

青山は、楽しげに告げた。

「はい。お言葉通り、手前も拘わりがあると思います」

「やはりな……」

青山は苦笑した。

「それで、落葉に埋れた供養塔と六地蔵の絵の掛軸ですか……」

「うむ。前に盗まれたのは、田舎の里の田畑と満開の桜、その奥に寺の屋根の絵だったな」

「はい……」

「落葉に埋れた供養塔と六地蔵は、その寺の何処かにあるのかもしれねえな」

青山は読んだ。

「はい。ですが、あの絵の場所が何処の里かは、未だ分からないのです」

彦兵衛は眉をひそめた。

「そうか。ま、旗本屋敷に続き、薬種問屋の掛軸を盗む年増の女盗賊共《ども》だ。彦兵衛、こいつは裏に何か潜んでいるな」

青山は、面白そうに笑った。

行燈の明かりは瞬いた。

「落葉に埋れた供養塔と六地蔵の絵の掛軸ですか……」

左近は眉をひそめた。

「ええ。青山さまは、最初に盗まれた里の絵に描かれていた寺の何処かにあるんじゃあないかと睨んでいましたよ」

彦兵衛は、手酌で酒を飲んだ。

「満開の桜の絵の次は落葉に埋れた供養塔と六地蔵。春の次は秋ですか……」

房吉は苦笑した。

「春と秋。だとしたら、残るは夏と冬……」

左近は読んだ。

「夏と冬って、掛軸、他にもあるんですかね」

房吉は眉をひそめた。

「きっと。その夏と冬が揃えばあの里が何処で何て寺かが分かり、供養塔と六地蔵に秘められているものが分かるのでしょう」

左近は睨んだ。

「成る程。夏と冬の絵で里と寺が分かりますか……」

「ええ。おさらばお玉と年増の薬の行商人は同じ穴の狢《むじな》。女盗賊の仲間はおそらく他にもいる筈です」

「いるとしたら、おさらばお玉が行った尼寺清涼庵の京春尼《きょうしゅんに》ですか……」

「尼寺清涼庵の京春尼……」

左近は訊き返した。

「ええ。お玉はそのまま清涼庵に止《とど》まり、五郎は隣の長泉寺に潜んでいますよ」

「そうですか……」

「で、左近さんの方は……」

彦兵衛は、己の猪口に酒を満たした。

「御厩河岸の潰れた料理屋が赤目一味の盗っ人宿のようです」

「突き止めましたか……」

「ええ。して、赤目一味は邪魔な天竜の五郎を始末する忍びを捜しています」

左近は苦笑した。

「左近さん、まさか……」

彦兵衛は、猪口を口元で止めた。

「ええ。潜り込んで掛軸の絵に隠された秘密を摑みます」

左近は、不敵に云い放った。

第二話　掛軸絵

一

行燈の明かりは仄《ほの》かに辺りを照らした。
二枚の絵が並べられた。
一枚目の絵には、里の田畑と田舎道、満開の桜の木々と寺の屋根が描かれていた。
二枚目の絵に描かれているのは、落葉に埋れた古い供養塔と六地蔵だった。
二枚とも柔らかな筆遣いで描かれ、淡い色が塗られていた。
おさらばお玉と京春尼は、二枚の絵を眉根を寄せて見較べていた。
「やっぱり、何処の里の何てお寺かも分からないねえ……」

京春尼は、吐息を洩らした。

「そいつが分からなければ、此の供養塔と六地蔵のある場所も分からないか……」

お玉は苛立った。

「きっとね……」

「で、おきょうさん、七化のお頭は何て云ってんだい」

お玉は、京春尼に尋ねた。

「七化のお頭は、残る夏と冬の絵を手に入れ、四枚揃えなければ分からないだろうと……」

おきょうと呼ばれた京春尼は告げた。

「夏と冬の絵ねえ……」

「ええ。冬の絵は雲切のおまちさんが今、狙っているそうですよ」

「おまちさんがね。で、夏の絵は……」

お玉は訊いた。

「七化のお頭が自分で……」

「でも、早くしないと赤目の佐平次たちがどう出るか……」

お玉は、微かな焦りを滲ませた。

「若い燕の五郎がいる限り、お玉さんは安心ですよ」

おきょうは笑った。

「ええ。そりゃあまあ、そうだけど……」

お玉は、色っぽく笑った。


神田川の流れは煌めき、様々な船が行き交った。

痩せた老爺の利平は、柳森稲荷の鳥居前を通って嘉平の葦簀張りの飲み屋に入った。

「邪魔するよ」

「おう……」

嘉平の無愛想な声が迎えた。

「いたかい……」

利平は、嘉平を見ながら湯呑茶碗の酒を啜った。

「ああ……」

嘉平は頷いた。

「腕は確かだろうね」

「そいつは折紙付きだが、一筋縄《ひとすじなわ》ではいかぬ凄まじい遣い手だよ。それでも良いのかな」

嘉平は苦笑した。

「所詮は金が目当てのはぐれ忍び。邪魔な忍びの者を始末してくれれば御役御免だ」

「そうか……」

「で、何処の誰だい……」

「はぐれの左近って忍びだ……」

「はぐれの左近……」

利平は眉をひそめた。

「ああ……」

利平は、背後からの左近の声に振り返った。

左近がいた。

利平は驚いた。

「雇主《やといぬし》に逢わせてもらおう……」

左近は、利平を冷ややかに見据えた。

「や、雇主は俺だ……」

利平は、懸命に左近を見返した。

「嘉平の父っつあん、此の話、なかった事にしよう」

左近は云い放った。

「左近さん……」

嘉平は、戸惑いを浮かべた。

「嘘偽りを云う者は信用出来ぬ……」

左近は、嘲りを浮かべた。

「そうかい。ならば仕方がないな。利平さん、お前さんとも此迄だ……」

嘉平は、冷ややかに利平を見詰めた。

「分かった。済まねえ。逢わせる、お頭に逢ってもらう。だから、頼む……」

利平は詫びた。

「ならば、引き受けよう」

左近は冷笑した。

大川御厩河岸の渡し船は、多くの人を乗せて船着場を離れて行った。

左近は、利平に誘われて御厩河岸に行き、黒板塀を廻した織物問屋『武州屋』の寮の木戸門を潜った。


左近は、座敷で待たされた。

中肉中背の五十絡みの男は、利平と浪人を従えて悠然と現れた。

「やあ。お前さんがはぐれの左近さんかい……」

五十絡みの男は、赤い眼で左近に笑い掛けた。

赤目の佐平次……。

「おぬしが雇主か……」

左近は、見定めるように訊いた。

「ああ。武州屋長左衛門だ……」

五十絡みの男は名乗った。

武州屋長左衛門は、盗賊の赤目の佐平次の世を忍ぶ偽名だ。

「して、始末する忍びの者は、何処の誰だ」

左近は、赤目の佐平次に訊いた。

「坂上《さかがみ》……」

佐平次は、従えて来た浪人を促した。

「はい。相手は女盗賊に飼われている天竜の五郎という忍びの者だ」

坂上と呼ばれた浪人は、腹立たしげに告げた。

「天竜の五郎。木曾の抜け忍か……」

左近は、読んでみせた。

「ほう。木曾の忍びか……」

赤目の佐平次は頷いた。

「おそらくな。して、生け捕りにして締め上げず、殺してしまって良いのだな」

左近は念を押した。

「生け捕りに出来るのか……」

赤目の佐平次は眉をひそめた。

「造作もあるまい……」

左近は、事も無げに云い放った。

「旦那さま……」

利平は、赤目の佐平次の出方を窺った。

「よし。じゃあ、天竜の五郎を生け捕りにしてもらおうか……」

赤目の佐平次は、気を昂《たか》ぶらせたのか、その眼を一段と血走らせた。

「心得た。して、天竜の五郎。今、何処にいるのだ」

「神楽坂、市谷田町四丁目の裏通りの仕舞屋だ。俺が案内する」

坂上は告げた。

赤目の佐平次と坂上たちは、天竜の五郎が未だ市谷田町四丁目の仕舞屋にいると思っているのだ。

左近は知った。

「よし。ならば、案内してもらおう」

左近は、坂上を促した。


牛込横寺町の長泉寺裏の尼寺『清涼庵』からは、庵主の京春尼の読む経が流れていた。

房吉は、近くの寺の土塀の陰に潜んで見張っていた。

尼寺『清涼庵』には、庵主の京春尼と女盗賊おさらばお玉がおり、天竜の五郎の潜んでいる気配は窺えなかった。

天竜の五郎は出掛けているのか……。

房吉は、緊張を滲ませて尼寺『清涼庵』の見張りを続けた。

庵主の京春尼とお玉は、朝の御勤めをして清涼庵の掃除などをしていた。

房吉が見る限り、庵主の京春尼とお玉は親しい仲のようだった。

京春尼も女盗賊なのかもしれない……。

ひょっとしたら、薬種問屋から落葉に埋れた古い供養塔と六地蔵の絵の掛軸を盗んだ女盗賊なのだ。

房吉は睨んだ。


板塀に囲まれた仕舞屋は、静けさに満ちていた。

左近は、板塀に囲まれた仕舞屋を窺った。

人のいる気配は感じられない。だが、天竜の五郎が忍び、赤目一味の襲撃を待ち構えているのかもしれない。

「どうだ……」

浪人の坂上甚十郎《じんじゅうろう》は急《せ》いた。

「離れていろ……」
左近は、坂上を冷ややかに一瞥《いちべつ》した。
坂上は、微かに怯んだ。
次の瞬間、左近は地を蹴って板塀を跳び越えて消えた。
坂上は、慌てて辺りを見廻して斜向かいの路地に身を潜めた。
刹那、背後に人の気配が湧いた。
坂上は振り返った。
恐怖が衝《つ》き上げた。

板塀の内は静けさに満ちていた。
左近は、仕舞屋の中に人の気配を探しながら庭先に廻った。
居間と座敷は雨戸が閉められていた。
左近は、不意に殺気を鋭く放った。
五郎が忍んでいるなら何らかの反応がある筈だ。
だが、殺気に対する反応はなかった。
五郎は忍んでいないのか……。

左近は、問外《といかき》で雨戸を僅かに開け、素早く仕舞屋の中に忍び込んだ。

仕舞屋の中は薄暗く、やはり人の気配はなかった。

居間、座敷、台所、小部屋、納戸《なんど》……。

左近は、仕舞屋の中を検《あらた》めた。

五郎は勿論、おさらばお玉と飯炊き婆さんのおくまもいない……。

左近は見定めた。

次の瞬間、庭先に激しい殺気が湧いた。

左近は、僅かに開けて忍び込んだ雨戸とは反対側に走った。そして、雨戸を蹴破って庭に飛び出した。

左近は、庭に転がって素早く立ち上がった。

手裏剣が飛来した。

左近は跳んで躱《かわ》した。

天竜の五郎が、坂上を押さえて喉元に苦無を突き付けていた。

「天竜の五郎か……」

左近は、五郎を見据えた。

「何処の忍びか知らぬが、手を引かねば此奴《こいつ》の喉を切り裂く……」

五郎は、残忍な笑みを浮かべて坂上の喉元に突き付けた苦無に力を込めた。

坂上は仰《の》け反《ぞ》り、激しく震えていた。

「やりたければ、やるが良い……」

左近は、嘲笑を浮かべた。

「何……」

五郎は戸惑った。

「助ける義理も人情もない。殺すが良い……」

左近は云い放った。

「そうか……」

五郎は、坂上の喉元に突き付けた苦無を僅かに横に引いた。

坂上は、喉元から血を滲ませて恐怖に激しく踠《もが》いた。

左近は、微かな笑みを浮かべて見詰めた。

「くそっ……」

五郎は苛立ち、坂上を左近に向かって激しく突き飛ばした。

坂上は、悲鳴を上げて左近に迫った。

左近は、咄嗟に坂上を蹴飛ばした。

五郎は、その隙を突いて仕舞屋の屋根に跳んだ。

左近は追って跳んだ。


五郎は、仕舞屋から隣の家の屋根に大きく跳び、家並みの上を走り去った。

逃げられた……。

左近は、苦笑して見送った。

五郎は、おそらく横寺町の尼寺『清涼庵』にいるおさらばお玉の許《もと》に行った筈だ。

左近は読んだ。


浪人の坂上甚十郎は、喉元を血に染めて踠き苦しんでいた。

左近は屋根から下り、苦しく踠く坂上を冷徹な眼で見下ろした。

「浅手《あさで》だ……」

左近は、冷ややかに笑った。

坂上は、左近を見上げた。

「まともに喉を搔き切られれば、踠き苦しむ暇はない……」

左近は、冷たく告げて立ち去った。

坂上は、身を起こして必死に息を整え、首に手拭いを巻き付け始めた。


左近は、神楽坂に出た。

天竜の五郎は、神楽坂を上がって横寺町の長泉寺裏の尼寺に行った筈だ。

左近は読んだ。

よし……。

左近は、神楽坂を足早に上がった。


房吉は、土塀の陰に身を潜めた。

天竜の五郎が、脇道を足早にやって来た。

房吉は、懸命に息を止めて見守った。

五郎は、尼寺『清涼庵』の木戸門を潜って行った。

房吉は見送った。

僅かな刻が過ぎた。

五郎は、『清涼庵』の屋根の上に現れて辺りを窺って伏せた。

誰かが来るのを待っている……。

房吉の勘が囁いた。

来るのは左近かもしれない……。

房吉は読んだ。

お玉と京春尼が『清涼庵』から現れ、裏手の長泉寺に向かった。

長泉寺から何処かに行くつもりだ……。

房吉は睨み、五郎を窺った。

五郎は、屋根に身を伏せて脇道の入口を見据えていた。

房吉は、土塀沿いに這い進み、長泉寺の表に向かった。

女盗賊おさらばお玉と尼僧が長泉寺の山門から現れ、足早に通寺町の通りに向かって行った。

房吉が続いて現れ、お玉と尼僧を追って行った。

左近は見送った。

天竜の五郎は、女盗賊おさらばお玉たちを逃がし、待ち構えている。
左近は、五郎の動きを読んだ。
天竜の五郎は、脇道の入口を見詰めて警戒していた。
刻が過ぎた。
脇道に入って来る者はいない。
どうした……。
五郎は焦《じ》れた。
「待たせたな……」
左近の笑みを含んだ声がした。
五郎は、声のした方を振り返った。
隣の長泉寺の屋根にいた左近が、尼寺『清涼庵』の屋根に大きく跳んだ。
五郎は、咄嗟に尼寺『清涼庵』の屋根から跳び下りた。
左近は続いた。
五郎は着地し、屋根を見上げた。

左近は、跳び下りながら手裏剣を放った。

五郎は、忍び刀を横薙《よこな》ぎに一閃して手裏剣を弾き飛ばした。

左近は着地した。

五郎は、左近に斬り掛かった。

左近は、苦無で斬り結んだ。

声を洩らさず気合いもなく、刃が煌めき、刃風が鳴った。

左近と五郎は、素早く動きながら鋭く斬り結んだ。

五郎は、微かに息を鳴らした。

「木曾の抜け忍天竜の五郎、女盗賊に可愛がられ過ぎたようだな」

左近は蔑み、煽《あお》った。

「黙れ……」

五郎は熱《いき》り立ち、左近に猛然と斬り掛かった。

刹那、左近は苦無を投げた。

五郎は、咄嗟に飛来した苦無を躱そうとした。だが、苦無は五郎の左肩に突き刺さった。

「おのれ……」

五郎は、左肩に突き刺さった苦無を抜いて投げ棄てようとし、大きく体勢を崩して倒れた。

左近は笑った。

「ど、毒か……」

五郎は、左近を睨み付け苦しく呻いた。

「案ずるな。痺《しび》れ薬だ……」

「殺せ……」

五郎は、嗄《しゃが》れ声を引き攣《つ》らせた。

「そうはいかぬ。生け捕りにするのが約束だ」

左近は告げた。

「おのれ。赤目の佐平次……」

五郎は嗄れ声を震わせ、悔しげに顔を歪めて意識を失った。

左近は、意識を失った五郎を担ぎ上げた。

二

不忍池の畔には散策を楽しむ人がいた。
女盗賊のおさらばお玉と京春尼は、不忍池の畔を進んだ。
房吉は尾行た。
京春尼は、おそらくお玉の仲間の女盗賊に違いない。
そして、これから行く処《ところ》も女盗賊と拘わりのある処に違いないのだ。
房吉は読み、追った。
お玉と京春尼は、足早に畔を進んだ。
不忍池の畔に茶店が見えて来た。
かって、お玉と五郎が落ち合った老婆の営む古い茶店だ。
お玉と京春尼は、古い茶店に入った。
一休みか……。
房吉は、傍らの雑木林に入って茶店を窺った。
お玉と京春尼は茶店の縁台に腰掛けず、奥に声を掛けた。

亭主の老婆が現れた。

お玉と京春尼は、何事かを告げた。

老婆は、お玉と京春尼を茶店の奥に誘《いざな》った。

まさか……。

房吉は緊張した。

茶店の老婆は女盗賊の仲間なのか……。

房吉は読み、薄暗い茶店の奥を窺った。

お玉と京春尼は、奥の部屋に入った。

老婆は、店先に出て来て鋭い眼差しで辺りを見廻し、縁台などを片付けて雨戸を閉めた。

間違いない……。

房吉は、古い茶店の主の老婆が女盗賊の一人だと睨んだ。

土蔵の中は暗く、黴《かび》臭かった。

左近は、痺れ薬で動けない天竜の五郎を土間に降ろした。

利平と喉に晒《さら》しを巻いた坂上甚十郎は、五郎を縛り上げた。

「甚十郎、邪魔な忍び、此奴に間違いないのだな……」

赤目の佐平次は、坂上に念を押した。

「ええ……」

坂上は切られた喉元を押さえ、動けない五郎を怒りに任せて蹴り上げた。

五郎は呻いた。

「約束の金を貰おう……」

左近は、佐平次に告げた。

「ああ……」

佐平次は、懐から紙に包んだ十両を出して左近に渡した。

「して、これから五郎を責めるのか……」

「良かったら見ていくかい」

佐平次は、残忍な笑みを浮かべ、まるで狂言でも始めるかのように告げた。

「うむ……」

左近は、戸口に退いて見守った。

「おい……」

佐平次は、利平と坂上を促した。

利平と坂上は、縛り上げた五郎に水を浴びせて引き摺《ず》り起こした。

痺れ薬に動けず、声を出せずにいた五郎は、唇と手足を動かした。

どうやら、痺れ薬の効き目が切れて来たようだ。

左近は見守った。

「おさらばお玉が盗み出した掛軸の絵は、田舎の里の春の景色だそうだな」

佐平次は、五郎に訊いた。

五郎は、佐平次に憎しみの一瞥を与えて顔を背《そむ》けた。

刹那、平手打ちの乾いた音が土蔵の中に響き渡った。

五郎は土間に崩れ、佐平次が冷笑を浮かべて見据えていた。

「次は容赦しねえ……」

佐平次は、五郎を楽しそうに見詰めた。

五郎は、悔しげに顔を歪めた。

「で、三毛猫のおきょうが薬種問屋から盗んだ掛軸の絵には、何が描かれていたのだい」

佐平次は尋ねた。

三毛猫おきょうとは、尼寺『清涼庵』の京春尼の事なのか……。

左近は読んだ
「し、知らぬ……」

五郎は、首を横に振った。

「お玉の情夫が知らぬ筈はあるまい」

佐平次は、五郎の右手の人差指の爪の間に竹串を突き刺した。

五郎は激痛に呻き、仰け反った。

「おきょうが盗んだのは、どんな絵だ……」

佐平次は、右手の中指の爪に竹串を無雑作に突き刺した。

五郎は、額に脂汗《あぶらあせ》を滲ませて苦痛に呻いた。

「残りの指は八本。足の指を入れれば十八本。未だ未だ楽しめる……」

佐平次は、残忍な笑みを浮かべた。

「秋だ。秋の絵だ……」

五郎は吐いた。

「秋のどんな絵だ」

佐平次は、五郎の右手の薬指を摑み、竹串を構えた。

「落葉に埋れた供養塔と六地蔵だ……」

五郎は、喉を引き攣らせた。

「落葉に埋れた供養塔と六地蔵……」

佐平次は眉をひそめた。

「お頭……」

「利平、何処の寺か分かるか……」

「いいえ。浜島庄兵衛《はましましょうべえ》のお頭に縁のある寺は幾つもあります。いったい何処の寺かは……」

利平は、皺の深い老顔を歪めた。

「そうか……」

「はい……」

「浜島庄兵衛、五千両を隠した場所を判じ物で残すとは、洒落《しゃれ》た真似をしたものだ……」

佐平次は吐き棄てた。

浜島庄兵衛……。

左近は、浜島庄兵衛がその昔いた〝日本駄右衛門《にっぽんだえもん》〟の異名を持つ盗賊の頭だと気が付いた。

掛軸に描かれた絵に隠された秘密は、昔の盗賊浜島庄兵衛の五千両もの隠し金の在処《ありか》だった。

左近は知った。

「で、おさらばお玉と三毛猫おきょう、今何処に潜んでいる……」

佐平次は訊いた。

「し、知らぬ……」

五郎は、嗄れ声を震わせた。

「知らぬだと……」

佐平次は、赤い眼に笑みを滲ませて竹串を嘗《な》めた。

「ああ。俺はお玉たちを逃がし、屋根で待ち伏せをした。だから、お玉たちが何処に逃げたかは知らぬ……」

「左近の旦那……」

佐平次は、戸口の傍にいる左近に赤い眼を向けた。

「俺が襲った時、奴が寺の屋根に忍んでいるだけで、他に人はいなかった」

左近は、長泉寺から逃げて行くお玉と尼僧と追って行く房吉を思い浮かべた。

「そうですかい……」

「うむ……」

左近は頷いた。

「じゃあ、七化おりょう、須走おとら、雲切おまちは、何処にいる……」

佐平次は、三人の女盗賊の居場所を尋ねた。

「知らぬ。聞いてはいない……」

五郎は、首を横に振った。

佐平次は苦笑した。

三本目の竹串が薬指の爪の間に突き刺される……。

五郎は覚悟した。

「そうか。ま、良い、ゆっくり考えてみるんだな。利平、甚十郎……」

佐平次は、後を利平と甚十郎に任せて戸口に向かった。

「さ、左近の旦那……」

「うむ……」

佐平次は、左近を促して土蔵から出て行った。

「どう思う……」

赤目の佐平次は、長火鉢の前に座りながら左近に訊いた。

「頼まれた仕事は、はぐれ忍びの五郎を生け捕りにする迄だ」

左近は苦笑した。

「これからも働いてくれれば百両だ……」

佐平次は誘った。

「狙っている浜島庄兵衛の隠し金は五千両だと聞いたが……」

「そいつは噂でな。本当に幾らあるかは誰も知らねえ……」

佐平次は笑った。

「そいつを奪い合っているか……」

「ああ。白浪《しらなみ》五人女となす……」

「白浪五人女……」

左近は眉をひそめた。

「ああ。須走おとら、七化おりょう、雲切おまち、三毛猫おきょう、おさらばお玉の五人の女盗賊だ」

「その女盗賊たちが浜島庄兵衛の隠し金を狙っているか……」

「ああ。だが、そうはさせねえ。どうだ、女盗賊共を捜し、居場所を突き止めちゃあくれねえかな」

佐平次は、左近を赤い眼で見詰めた。

「白浪五人女か。面白そうだな。やってみるか……」

左近は笑った。

「ありがてえ。で、どうする」

佐平次は、左近の出方を窺った。

「うむ。三毛猫おきょうは、おそらく尼僧に化けて尼寺に潜んでいたようだ。先ずは尼寺を調べてみる」

「うむ……」

「で、分からぬ時は、五郎を泳がせる」

左近は、嘲りを浮かべた。

「成る程……」

佐平次は頷いた。

「それ故《ゆえ》、五郎を甚振《いたぶ》るのは良いが、殺すな」

左近は、佐平次を見詰めた。

「分かった」

　佐平次は頷いた。

「よし。じゃあ……」

　左近は、無明刀《むみようとう》を手にして立ち上がった。


　夕暮れ時。

　公事宿『巴屋』は、夕食時の忙しさを迎えていた。

　おりんとお春は、女中たちと公事訴訟の泊まり客たちの夕食の世話に忙しかった。

「ほう。あの掛軸の絵には、盗賊浜島庄兵衛の隠し金の秘密がありましたか……」

　彦兵衛は驚いた。

「ええ。狙っているのは、盗賊赤目の佐平次一味とおさらばお玉たち白浪五人女……」

「白浪五人女……」

　彦兵衛は眉をひそめた。

「ええ。おさらばお玉、三毛猫おきょう、須走おとら、七化おりょう、雲切おまちという五人の女盗賊です」

「それはそれは。で、引き続き、赤目の佐平次に雇われましたか……」

「ええ。何かと都合が良いので……」

左近は笑った。

「そうですか。ま、左近さんですから心配はないと思いますが、相手は非道な盗賊、呉々《くれぐれ》も気を付けて……」

「はい……」

左近は頷いた。

「叔父さん、左近さん……」

「何だい……」

おりんが入って来た。

「今、茅町《かやちょう》の木戸番の方が房吉さんの使いで、左近さんに此を……」

おりんは、左近に結び文を差し出した。

「うむ……」

左近は、結び文を解いた。

結び文には、『不忍池の畔の茶店……』と書かれていた。

「房吉は何と……」

「おさらばお玉と三毛猫おきょう、不忍池の畔の茶店にいるようです。じゃあ……」

左近は、無明刀を手にして彦兵衛の部屋を後にした。

「気を付けて……」

彦兵衛は見送った。

「忙しそうね……」

「ああ。浜島庄兵衛の隠し金に白浪五人女だ」

彦兵衛は苦笑した。

「白浪五人女、何よ、それ……」

おりんは眉をひそめた。


不忍池に月影が映えた。

古い茶店には明かりが灯された。

房吉は、雑木林から見張った。

「房吉さん……」

左近が背後に現れた。

「やあ……」

「あの茶店ですか……」

左近は、明かりの灯されている茶店を眺めた。

「ええ。横寺町の尼寺からお玉と尼さん、真っ直ぐ此処に来ましたよ」

「尼僧は盗賊の三毛猫おきょうです」

左近は教えた。

「じゃあ、茶店の婆さんも……」

房吉は眉をひそめた。

「おそらく歳の頃から見て女盗賊の須走おとらかも……」

左近は読んだ。

「須走おとらですか……」

「ええ……」

左近は頷いた。

「で、天竜の五郎は……」

「赤目の佐平次が責めましてね。いろいろ分かりましたよ……」

左近は、掛軸の絵に浜島庄兵衛の隠し金が秘められている事や白浪五人女について房吉に話して聞かせた。
「浜島庄兵衛に白浪五人女ですか……」
房吉は苦笑した。
「ええ。房吉さん……」
左近は、不忍池の畔を足早に来る人影を示した。
房吉は、足早に来る人影を見詰めた。
「女……」
左近は見極めた。
房吉は、不忍池の畔を足早に来る女に眼を凝らした。
女は、茶店の前で背後や周囲を窺った。
月明かりが女の顔を照らした。
飯炊き婆さんのおくま……。
左近と房吉は見定めた。
おくまは、茶店の閉められた雨戸を小さく叩いた。
雨戸が僅かに開き、茶店の老婆が顔を見せた。
おくまは、短く言葉を掛けて茶店に入った。

茶店の老婆は、辺りを鋭く窺って雨戸を閉めた。

「飯炊き婆さんのおくまですよ」

房吉は告げた。

「ええ。どうやら、おくまも白浪五人女の一人のようですね」

左近は睨んだ。

「かもしれませんね。しかし、それにしても、おくま。今迄、何処に行っていたのか……」

房吉は、おくまが三味線の師匠おまさの仕舞屋から出掛けて行ったのを思い出した。

「ええ……」

左近は頷き、茶店を見詰めた。

僅かな刻が過ぎた。

古い茶店の雨戸が開いた。

左近と房吉は見詰めた。

開いた雨戸から茶店の老婆が顔を出し、辺りを警戒した。そして、不審がないと見定めて顔を引っ込めた。

飯炊き婆さんのおくまが、おさらばお玉と着換えた三毛猫おきょうを連れて出て来た。

茶店の老婆が見送りに現れた。

おくまは、お玉とおきょうを伴って明神下《みょうじんした》の通りに向かった。

老婆は佇み、見送った。

「どうします……」

下手に追えば、老婆に気付かれる。

房吉は焦った。

「俺が追います。茶店を頼みます」

「承知……」

房吉は頷いた。

左近は、雑木林の奥に走った。

左近は、雑木林を駆け抜けて通りに出た。

三人の人影が、不忍池の畔から来るのが見えた。

おくま、お玉、おきょうだ。
左近は見定めた。
おくま、お玉、おきょうは足早に来る。
このまま進めば明神下の通りだ。
左近がそう思った時、おくま、お玉、おきょうは切通《きりどお》しに曲がった。
明神下の通りではなく、切通しに進んだ。
行き先は本郷《ほんごう》か……。
左近は、暗がり伝いに追った。

おくま、お玉、おきょうは、湯島《ゆしま》天神裏と根生院《こんしょういん》の間を進んだ。
左近は、追って湯島天神裏と根生院の間に進んだ。
不意に殺気が襲った。
左近は、咄嗟に木陰に跳んだ。
十字手裏剣が飛来し、左近の潜んだ木の幹に突き刺さった。
忍び……。
左近は、おくま、お玉、おきょうを窺った。

おくま、お玉、おきょうは、切通しを本郷に向かって行った。
おのれ……。
左近は、周囲の暗がりに忍びの気配を探した。
気配は隠されていた。
ならば、誘い出す迄……。
左近は、木陰を出ておくま、お玉、おきょうを追った。
横手の暗がりから殺気が湧き、十字手裏剣が左近に飛来した。
左近は、飛来した十字手裏剣を躱し、投げられた闇に向かって地を蹴った。
木の梢《こずえ》に潜んでいた忍びの者は、素早く跳び下りた。
左近は、木の幹を蹴り、跳び下りた忍びの者を追った。
忍びの者は忍び刀を抜いた。
左近は、無明刀の柄を握って忍びの者と対峙した。
「天竜の五郎の仲間か……」
左近は、嘲りを浮かべた。
「五郎はどうした」
忍びの者は、怒りを過《よ》ぎらせた。

「生け捕りにして盗賊の赤目の佐平次に売り渡した。今頃は厳しい拷問《ごうもん》に泣き叫び、何もかも白状させられているだろう」

左近は嘲笑した。

「おのれ。五郎と赤目の佐平次は何処にいる」

忍びの者は焦り、怒りを震わせた。

「知りたければ、おくまがお玉とおきょうを何処に連れて行ったのか云うのだな」

左近は告げた。

「黙れ……」

忍びの者は闇に跳んだ。

左近は、追って跳ぼうとした。

刹那、三人の忍びの者が現れ、左近に襲い掛かった。

左近は、無明刀を抜いて縦横に放った。

無明刀は、蒼白い輝きを閃かせた。

左近と三人の忍びの者は、五体を激しく動かして鋭く斬り合った。

砂利が砕け、草が千切《ちぎ》れ、血が飛んだ。

僅かな刻が過ぎ、三人の忍びの者が倒れていた。

左近は、無明刀を構えて闇を窺った。

闇に人の気配はなく、静寂に満ちていた。

左近は無明刀を鞘《さや》に納め、倒れている忍びの者の一人に近付いた。

忍びの者は、斬られた肩から血を流し、恐怖に満ちた眼で左近を見詰めていた。

若い忍びの者だった。

左近は、忍びの者を抱き起こし、肩の傷の血止めを始めた。

忍びの者は、戸惑いを浮かべた。

「木曾忍びか……」

左近は尋ねた。

「あ、ああ……」

忍びの者は頷いた。

「木曾忍びが何故、抜け忍の天竜の五郎のために動く……」

「ご、五郎さまは木曾忍びの新たな御館《おやかた》竜斎《りゅうさい》さまの孫の一人だ」

木曾忍びの者は、掠《かす》れ声を震わせて告げた。

「成る程。木曾忍びの新たな御館、抜け忍になった己の孫のために配下を動かすか。随分と耄碌《もうろく》した御館のようだな」

左近は苦笑し、木曾忍びの者の肩の傷の血止めを終えた。

「後は医者に診せるのだな……」

「はい……」

若い木曾忍びの者は、素直に頷いた。

「もし、木曾忍びを抜ける気になったら、柳森稲荷の飲み屋の親父を頼るが良い……」

左近は、云い残して切通しを本郷に急いだ。

三

「それで、見失いましたか……」

彦兵衛は苦笑した。

「ええ。して、茶店の方はどうでした」

左近は、房吉に尋ねた。

「あれから婆さんは出掛けず、お客が何人か来ただけでした」

「そうですか……」

「で、婆さんの名前を調べたのですが、おくめって名前でしたよ。もっとも女盗賊としての名前は他にあるんでしょうがね」

房吉は苦笑した。

「それにしても、木曾忍びが出て来るとは……」

彦兵衛は眉をひそめた。

「ええ。おそらく、飯炊き婆さんのおくまが天竜の五郎に頼まれて繋ぎを取ったのでしょう」

左近は読んだ。

「それで、木曾忍びが動き出しましたか……」

「ええ。忍びは、抜け忍を殺す為に動いても、助ける為には動かない。それなのに配下の忍びを動かした。如何《いか》に御館でも、孫の五郎の事になると血迷うようです」

左近は苦笑した。

「で、これからどうします」

「私は御厩河岸の赤目の処に行きます。房吉さんは引き続き茶店のおくめを頼みます」

「承知。おくめの婆さんが動けばいいんですがね」

房吉は笑った。


柳森稲荷の葦簀張りの飲み屋に客はいなく、主の嘉平が居眠りをしていた。

左近は葦簀を潜った。

嘉平は、眼を覚ました。

「おう。やはり来たか……」

嘉平は笑った。

「木曾忍びか……」

左近は読んだ。

「うむ。木曾忍びが、お前さんの事を訊きに来たのでな……」

嘉平は告げた。

「そうか。天竜の五郎、木曾忍びの御館の孫だそうだ」

「孫……」

嘉平は眉をひそめた。

「うむ……」

「木曾の新たな御館竜斎、焼きが廻り、只の耄碌爺いになったようだな」

嘉平は嘲笑った。

「ああ。哀れなのは配下の忍びの者だ」

左近は、木曾忍びの者たちに同情した。

「うむ。で、お前さんは時々現れるはぐれ忍びだと云っておいたよ」

「そうか……」

「で、奴ら、盗賊の赤目の佐平次の隠れ家と一味の者の名を訊いて来た」

「そうか……」

天竜の五郎は生け捕りにして盗賊赤目の一味に売り飛ばした……。

木曾忍びの者たちは、左近の言葉を頼りに赤目の佐平次の居場所の割り出しを急いでいるのだ。

「俺ははぐれ忍びに仕事の周旋はするが、盗賊とは拘わりねえとな。だが、木曾忍びだ。奴らの様子からすると、隠れ家を突き止めるのに余り刻は掛からねえだろうな」

嘉平は読んだ。

「そうか……」
左近は眉をひそめた。
大川の流れは深緑色だった。
御厩河岸の船着場には渡し船が着き、多くの客が降りていた。
板塀を廻した赤目の佐平次の寮は、静けさに満ちていた。
左近は様子を窺った。
殺気や不審なところはない……。
左近は、木曾忍びが未だ現れてはいないと見定め、板塀を跳び越えた。
左近は、盗賊赤目一味の隠れ家の庭の植込みの陰に忍んだ。
やはり、血の臭いも死臭もない……。
左近は、庭から隠れ家の縁側に上がった。
「おさらばお玉と三毛猫おきょう、不忍池の畔にある茶店に潜んでいるようだ」
左近は、既に古くなった情報を告げた。

「不忍池の畔の茶店だと……」

赤目の佐平次は眉をひそめた。

「主の婆さん、おくめって名だそうだが、知っているか……」

「ああ。おそらく、女盗賊の七化おりょうだろうな」

「七化おりょう……」

左近は眉をひそめた。

「ああ。婆あに化けているが、大年増の良い女だぜ」

佐平次は、赤い眼を好色そうに輝かせた。

「そうか。七化おりょうか……」

左近は知った。

「ああ……」

「ならば、おさらばお玉と一緒にいたおくまって飯炊き婆さん、誰か知っているか……」

左近は尋ねた。

「おくまって飯炊き婆さんか……」

「うむ……」

「そいつは、須走おとらかもしれねえな」

「須走おとら……」

「ああ。須走おとらは掛け値なしの本物の婆あだ……」

佐平次は苦笑した。

七化おりょうと須走おとら……。

左近は、茶店の婆さんと飯炊き婆さんのおくまの正体を知った。

「白浪五人女の残る一人は誰だ」

「雲切おまちだ」

「雲切おまち……」

「ああ。七化おりょう、須走おとら、おさらばお玉、三毛猫おきょう、それに雲切おまち、その五人が白浪五人女なんて洒落た名前で盗っ人働きをしているんだぜ」

佐平次は、腹立たしげに告げた。

「そうか。して、天竜の五郎はどうした」

「土蔵で眠っている……」

佐平次は、嘲りを浮かべた。

「そうか。で、どうする。七化おりょうの茶店を襲うか……」

左近は、佐平次の出方を窺った。

「おりょうたちは、浜島庄兵衛の残した金の隠し場所を描いた掛軸、春夏秋冬の四本を未だ揃えちゃあいない。こうなりゃあ、四本揃えさせ、金の隠し場所の謎を解かせて案内させるのが一番かもしれねえな」

佐平次は、狡猾《こうかつ》な笑みを浮かべた。

「うむ。そいつが賢い遣り方かもしれぬな」

左近は頷いた。

だが、木曾忍びがそれを許すかどうかだ。

赤目の佐平次は、天竜の五郎という貧乏籤《くじ》を引いてしまったのかもしれない。

左近は、想いを巡らせた。

その時、寮の外に微かな悲鳴が上がった。

来たか……。

左近の五感は、微かな殺気と血の臭いを捉えた。

木曾忍び……。

嘉平の睨みの通り、木曾忍びが盗賊赤目の佐平次の隠れ家を突き止めるのに、余り刻は掛からなかったようだ。

「頭、此処を動くな……」

左近は命じた。

「なに……」

佐平次は、戸惑いを浮かべた。

「木曾忍びが、天竜の五郎を取り返しに来たらしい……」

左近は、不敵な笑みを浮かべた。

「木曾忍び……」

赤目の佐平次は、緊張を漲《みなぎ》らせた。

左近は、無明刀を手にして立ち上がった。


四人の木曾忍びの者は、裏や庭を警戒していた赤目の手下たちを襲った。

所詮は盗賊、忍びの敵ではない。

赤目の手下たちは、木曾忍びに容赦なく斃《たお》された。

木曾忍びの者は、二人の手下を捕らえた。

「五郎という忍びの者は何処にいる……」

木曾忍びの者は、二人の手下に訊いた。

「し、知らねえ……」

手下の一人は惚《とぼ》けた。

次の瞬間、木曾忍びの者は惚けた手下の腹に苦無を無雑作に叩き込んだ。

惚けた手下は、顔を激しく歪めて斃れた。

「お前も知らぬのか……」

木曾忍びの者は、恐怖に震えている残る手下に笑い掛けた。

「土蔵だ、土蔵にいる……」

残る手下は、恐怖に声を引き攣らせて土蔵を指差した。

「嘘偽りはないな」

木曾忍びの者は念を押した。

「な、ない……」

残る手下は頷いた。

刹那、木曾忍びの者は、残る手下の心《しん》の臓《ぞう》に苦無を叩き込んだ。

残る手下は、呆然とした面持ちで斃れた。

木曾忍びたちは、一斉に土蔵に走った。

木曾忍びの者たちは、土蔵の扉に取り付いた。

刹那、手裏剣が飛来し、木曾忍びの者たちは素早く跳び退いた。

手裏剣が土蔵の扉に突き刺さり、胴震いをした。

四人の木曾忍びの者は、物陰に潜んで手裏剣を投げた者を捜した。だが、手裏剣を投げた者を見定める事は出来なかった。

土蔵に入ろうとすれば背後を襲われる。

木曾忍びの者は焦り、苛立った。

だが、誰かが土蔵の扉を開ける者を護《まも》ってやらねばならない。

木曾忍びの者の一人が、土蔵の扉に取り付いて開けようとした。

残る三人の木曾忍びの者は、忍び刀を抜いて土蔵の扉を開けようとする仲間を護ろうとした。

刹那、手裏剣が飛来し、警戒する木曾忍びの者の僅かな間を飛び抜けた。そして、扉を開けようとした木曾忍びの者の背に突き刺さった。

背中に手裏剣を受けた木曾忍びの者は、仰け反り崩れ落ちた。

残る三人の木曾忍びの者は、母屋の屋根から手裏剣を投げる左近に気が付き、地を蹴って跳んだ。
左近は、母屋の屋根を蹴って大きく跳んだ。
三人の木曾忍びと左近は、空中で交錯《こうさく》した。
刃が煌めいた。
左近は、抜いた無明刀を手にして土蔵の前に飛び下りた。
二人の木曾忍びの者は、胸元を血に染めて母屋の屋根から転がり落ちた。
残る木曾忍びの者は、母屋の屋根から姿を消した。
左近は、無明刀を一振りした。
無明刀の鋒《きつさき》から血の雫《しずく》が飛んだ。
「俺だ……」
左近は、土蔵の中に告げた。
利平と坂上甚十郎が、土蔵の中から左近を見定めて扉を開けた。
天竜の五郎は縛られ、舌を嚙まぬように竹筒を咥《くわ》えさせられていた。
左近は、冷ややかに見下ろした。
五郎は踠《もが》き、憎悪に満ちた眼で左近を睨み付けた。

「木曾の抜け忍天竜の五郎、木曾忍びの御館竜斎の孫か……」

左近は、五郎を見据えた。

五郎は、眼を逸《そ》らした。

「木曾忍びの御館の孫が、何が不満で抜け忍になったのか……」

左近は嘲笑った。

「左近の旦那……」

佐平次が現れた。

「頭、此処は木曾忍びに知られた。他の盗っ人宿に移るのだな」

左近は勧めた。

「ああ。だが、こっちに玉がある限り、下手に仕掛けちゃあ来ないだろう」

佐平次は、五郎に笑い掛けた。

「頭、忍びは己の命を助ける為には、自分の手足を斬り飛ばすぐらいの事はする」

左近は告げた。

「じゃあ……」

佐平次は眉をひそめた。

「幾ら可愛い孫でも邪魔になれば、情け容赦なく殺す。そいつが忍びだ」

「成る程、分かった。利平、船を仕度しな」

佐平次は命じた。

「承知……」

利平は、土蔵から出て行った。

「船か……」

「ああ。橋場町《はしばちょう》の宝光寺《ほうこうじ》だ」

佐平次は囁いた。

「うむ。じゃあ、俺は此処に残り、木曾忍びが襲って来るかどうか見定める」

左近は、不敵な笑みを浮かべた。


「青山さま。公事宿巴屋彦兵衛が参りました」

当番同心は、彦兵衛を伴って青山久蔵の用部屋にやって来た。

「おう、来たか。彦兵衛、ま、入ってくれ」

青山久蔵は、彦兵衛を己の用部屋に招いた。

「はい。お邪魔します」

彦兵衛は、用部屋の戸口の傍に座った。

「昨日、扇《おうぎ》屋の隠居の家から掛軸が盗まれたそうだ」

「掛軸……」

彦兵衛は眉をひそめた。

「ああ。そいつが名もない旅の絵師が描いた絵の掛軸だそうだ」

「で、掛軸の絵はどのような……」

彦兵衛は、青山を見詰めた。

「そいつが、雪の中の六地蔵だそうだ……」

「冬の絵ですか……」

「ああ。落葉に埋れた六地蔵と供養塔。そして、雪景色の六地蔵……」

青山は笑った。

「雪の六地蔵……」

「うむ。彦兵衛。どうやら最後の冬の絵は六地蔵のようだな」

青山は睨んだ。

「はい。して、扇屋の御隠居の家から掛軸を盗んだ者は……」

「そいつなんだがな。どうやら出入りをしていた若い女髪結《かみゆい》のようだ」

「若い女髪結……」

「ああ。心当たりあるのかな……」

「ええ。おそらく白浪五人女の雲切おまちと云う女盗賊かと……」

「白浪五人女の雲切おまち……」

青山は眉をひそめた。

「はい……」

「して、その白浪五人女、掛軸の絵から浜島庄兵衛が金を隠した場所を突き止めようとしており、赤目の佐平次一味はそいつを横取りしようとしているか……」

青山は読んだ。

「はい……」

「白浪五人女か。して、日暮左近と房吉が追っているのだな……」

「左様にございます」

彦兵衛は頷いた。

不忍池の畔の古い茶店には、中ノ島《なかのしま》弁財天の参拝帰りの老夫婦が訪れ、店主のおくめが相手をしていた。

房吉は、見張り続けた。

若い女は、細長い風呂敷包みを抱えて不忍池の畔をやって来た。

房吉は見守った。

若い女は、古い茶店に入った。

「いらっしゃいませ」

おくめは迎えた。

「お茶を頼みますよ」

若い女は、おくめに茶を頼んで縁台に腰掛けた。

「はい。只今……」

「じゃあ……」

老夫婦は、茶代を置いて帰って行った。

「毎度ありがとうございます」

おくめは、老夫婦を見送った。そして、若い女に目配せをして茶店の奥に入った。

若い女は頷き、細長い風呂敷包みを持って続いた。

五人目の女白浪、雲切おまちか……。

房吉は読んだ。

四

僅かな刻が過ぎた。

古い茶店の店主のおくめが現れ、辺りを見廻した。そして、不審はないと見定め、縁台などを片付けて雨戸を閉め始めた。

店仕舞いには早過ぎる……。

房吉は眉をひそめた。

出掛けるのか……。

房吉は読んだ。

おくめは雨戸の殆《ほとん》どを閉め、店の中に声を掛けた。

若い女が、細長い風呂敷包みを抱えて出て来た。

おくめは、最後の雨戸を閉め、若い女を伴って不忍池の畔から明神下の通りに向かった。

よし……。

房吉は追った。

おくめと若い女は、明神下の通りに出る前に切通しに曲がった。

切通しを行く……。

切通しは、左近が木曾忍びの者に邪魔され、須走おとら、おさらばお玉、三毛猫おきょうたちを見失った道だ。

房吉は読み、慎重に尾行た。


御厩河岸の盗っ人宿は静寂に覆われた。

盗賊赤目の佐平次は、利平と坂上甚十郎や残る手下を従え、天竜の五郎を連れて屋根船で橋場町の宝光寺に秘かに立ち退いた。

左近は盗っ人宿の屋根に忍び、木曾忍びの動きを見定めようとした。

大川からは風が吹き抜け、行き交う船の櫓《ろ》の軋《きし》みが響いた。

微かな殺気が湧いた。

左近は、己の気配を素早く消し、盗っ人宿の裏を窺った。

裏の板塀を乗り越え、五人の忍びの者が忍び込んで来た。

木曾忍び……。
左近は見守った。
木曾忍びの小頭《こがしら》は、四人の配下に鋭く目配せをした。
四人の木曾忍びは、裏庭の様子を見定めて土蔵に走った。
木曾忍びの小頭は続いた。

土蔵の扉には錠前が掛けられていた。
四人の木曾忍びは、土蔵の前と母屋を鋭く見廻した。
潜んでいる者はいない。
「よし。錠前を破れ……」
木曾忍びの小頭は命じ、母屋を鋭い眼差しで窺った。
配下の木曾忍びの者は、錠前外しを巧みに操った。
左近は、己の気配を消して屋根の上から見守った。
土蔵の錠前が開いた。
木曾忍びの小頭は、四人の配下の木曾忍びの者を促した。
四人の木曾忍びは、土蔵に忍び込んだ。

木曾忍びの小頭は続いた。

よし……。

木曾忍びは、土蔵に天竜の五郎がいないのを見定め、母屋も検める。そして、盗賊赤目の佐平次たちが五郎を連れて既に消えたのを知り、追跡を厳しくする筈だ。

そうなれば、赤目の佐平次たちの動きは封じられ、おさらばお玉たち白浪五人女に対する攻撃は緩《ゆる》くなる。

その間に、白浪五人女に浜島庄兵衛の隠した金を探させる。

それが左近の描いた絵図だ。

左近は、屋根の上に立ち上がり、瓦を蹴って大きく跳んだ。

御厩河岸から浅草御蔵の横を抜けると、御蔵前の通りに出る。

左近は向かった。

誰かが見ている……。

左近は、己を見詰める者の視線を感じた。

誰だ……。

左近は歩きながら、それとなく背後を窺った。

だが、尾行《つけ》て来る者は見えなかった。

気のせいか……。

左近は蔵前の通りに出て、浅草御門に向かった。

視線は追って来る……。

気の所為《せい》ではなく、間違いなく誰かが追って来るのだ。

左近は苦笑した。


旗本屋敷街を行き交う人は疎《まば》らだった。

おくめは、細長い風呂敷包みを抱えた若い女を伴って旗本屋敷街を進んだ。

房吉は、慎重に尾行した。

おさらばお玉や三毛猫おきょう、それに須走おとらたちも此の旗本屋敷街の何処かに来ているのか……。

房吉は、前を行くおくめと若い女を窺った。

おくめと若い女は、小石川《こいしかわ》馬場の裏を通って表門を閉めた旗本屋敷の前に立ち止まった。
房吉は、土塀の陰に潜んだ。
おくめと若い女は、辺りを窺って旗本屋敷の潜り戸を叩いた。
潜り戸が開けられた。
おくめと若い女は、潜り戸から素早く屋敷内に入った。
房吉は見届けた。
誰の屋敷なのか……。
そして、須走おとら、おさらばお玉、三毛猫おきょうが潜んでいるのか……。
房吉は、調べる事にした。

神田川の流れは煌めいた。
左近は、神田川北岸の道を西に進んだ。
見詰める視線は付いて来る。
よし……。
左近は、神田川に架かっている新シ橋の袂に立ち止まった。
視線も立ち止まった。

次の瞬間、左近は素早く新シ橋を渡って振り返った。
新シ橋を渡ろうとした編笠《あみがさ》の武士が立ち止まった。
視線の主……。
左近は、鋭い殺気を放った。
武士は跳び退き、編笠を上げて左近を見詰めた。
編笠の下から現れた薄笑いを浮かべた顔は、木曾忍びの小頭のものだった。
木曾忍びの小頭……。
左近は気付いた。
気が付かれていたのだ……。
左近は、佐平次の盗っ人宿の母屋の屋根で気配を消して忍んでいた。
木曾忍びの小頭は気が付き、引き上げた左近を追って来たのだ。
鋭い殺気が放たれた。
左近は、思わず無明刀の柄を握った。
木曾忍びの小頭は嘲笑し、踵《きびす》を返して来た道を戻り始めた。
左近は、新シ橋を渡って木曾忍びの小頭を見送った。
木曾忍びの小頭は、隙のない足取りで立ち去って行った。

凄腕の忍び……。

木曾忍びの小頭は、どのような者なのだ。

左近は、身を翻して神田川北岸の道を足早に進んだ。


「木曾の飛猿《とびざる》……」

左近は眉をひそめた。

「ああ。あの小頭は下忍《げにん》から這《は》い上がった奴でな、かなりの手練《てだ》れだって噂だぜ」

嘉平は、木曾忍びの小頭を知っていた。

「下忍から小頭に這い上がった木曾の飛猿……」

左近は知った。

「ああ。逢ったのか……」

「うむ。天竜の五郎を捜している……」

「そいつは面白い……」

嘉平は冷笑した。

「面白い……」

左近は、戸惑いを浮かべた。

「ああ、五郎を捜し出して助けるのか、殺すのか……」

「五郎は御館竜斎の孫だ。勿論、助けるのだろう」

「だが、木曾忍びの抜け忍には違いない」

嘉平は、厳しく云い放った。

「御館の孫でも始末するか……」

左近は眉をひそめた。

「噂に聞く木曾の飛猿ならばな」

「そうか……」

左近は気付いた。

木曾忍びの小頭飛猿は、天竜の五郎を抜け忍として始末する為に捜しているのかもしれないのだ。

「ああ。木曾の飛猿がどう出るか、楽しみなもんだぜ」

嘉平は、芝居でも見物するかのように浮き浮きした様子を見せた。

「ああ……」

左近は苦笑した。

小石川の武家屋敷は、二千石の旗奉行服部兵部《はっとりひょうぶ》の控《ひかえ》屋敷だった。

〝旗奉行〟とは、老中の支配下にあり、将軍家の様々な軍旗を司《つかさど》っている。そして、控屋敷とは本邸の他に用意してある屋敷だった。

服部家の控屋敷には、当主服部兵部の次男慎次郎《しんじろう》が数人の中間《ちゅうげん》小者《こもの》と暮らしていた。

服部慎次郎は、若いのに飲む打つ買うのだらしのない遊び人であり、高利貸しや賭場に借金を抱えていた。

陸《ろく》な者じゃあねえ……。

房吉は吐き棄てた。

その服部家の控屋敷に、茶店の亭主のおくめと細長い風呂敷包みを抱えた若い女が入って刻は過ぎた。

控屋敷には、おさらばお玉、三毛猫おきょう、須走おとらが、既に潜んでいるのかもしれない。

もしそうなら、おくめと若い女が加わって五人になる。

白浪五人女か……。

だとしたら、おくめはやはり七化おりょうであり、若い女は雲切おまちなのだ。房吉は読んだ。


中庭には鹿威しの音が甲高く響いた。

五人の女は座敷に集まった。

「桜の満開の春の絵……」

おさらばお玉は掛軸を開き、里の田畑と道の奥に満開の桜と寺の屋根が描かれた絵を見せた。

「落葉の舞う秋の絵……」

三毛猫おきょうが二本目の掛軸を解き、落葉に埋れた古い供養塔と六地蔵の描かれた絵を見せた。

「雪の降る冬の絵……」

若い女の雲切おまちが三本目の掛軸を開き、雪の中の六地蔵の絵を見せた。

「三本の掛軸の絵を見た限り、浜島庄兵衛が残した金は、寺の境内にある古い供養塔の傍の六地蔵に隠されているとなるか……」

茶店の亭主おくめこと七化おりょうは、掛軸の三枚の絵を読んだ。

「ああ。でも、此の三本の掛軸の絵だけじゃあ、描かれている寺が何処の何て寺なのかは分からないね」

飯炊き婆さんのおくまことと須走おとらは顔を顰《しか》めた。

「ええ。残る掛軸の夏の絵を見れば、何処の何という寺なのか分かるんだろうね」

七化おりょうは眉をひそめた。

「うむ……」

須走おとらは頷いた。

「おりょうさん、夏の絵の掛軸はどうなっているんですか……」

おさらばお玉は尋ねた。

「うん。夏の掛軸は赤坂《あかさか》は一《ひと》ツ木《つぎ》町《ちょう》の法音寺《ほうおんじ》にあるのだが、住職が納戸の奥に他の掛軸と一緒に仕舞い込んでいてね。今迄に二度、寺に忍び込んで納戸を調べたのだが、未だ見付けられないのだ。済まぬ……」

七化おりょうは、皆に頭を下げた。

「じゃあ、おりょうさん、次は私も一緒に行きますか……」

須走おとらは告げた。

「いえ。おとらさん、今、法音寺の住職の宗順《そうじゅん》を誑《たら》し込んでいてね。みんな、済まないけど、もう少し、待っておくれ」

おりょうは頼んだ。

「ええ、承知しましたよ。ねえ、みんな……」

おとらは頷き、お玉、おきょう、おまちに同意を求めた。

お玉、おきょう、おまちは頷いた。

「ありがとう、みんな……」

おりょうは、艶然《えんぜん》と微笑んで深々と頭を下げた。

「ところでおとらさん、此のお屋敷、大丈夫なんでしょうね」

おまちは、警戒の眼差しで座敷を見廻した。

「ええ。此処は旗本服部家の控屋敷、町奉行や火盗改《かとうあらため》の手は及ばないよ」

おとらは告げた。

「だけど、盗っ人は出入り自由。赤目の佐平次がどう出るか……」

おきょうは眉をひそめた。

「だから、五郎の事を木曾忍びに報せた。木曾忍びの者たちが、赤目の佐平次一味の動きを押さえるようにね。きっと、今頃は佐平次も必死だよ」

おとらは読み、狡猾に笑った。

「じゃあ、天竜の五郎、それなりに役に立っているんだね」

お玉は、嘲りを浮かべた。

「ああ。お玉さんが飼い慣らしてくれたお陰だよ」

おとらは頷いた。

「で、此の服部屋敷では、誰が誰を飼い慣らしたのですか……」

おきょうは微笑んだ。

「私が次男坊の慎次郎をね……」

おとらが苦笑した。

「あら、慎次郎を飼い慣らした餌はなんですか……」

おまちは、おとらに悪戯《いたずら》っぽい眼を向けた。

「そりゃあ、餌は金だよ。金……」

おとらは笑った。

鹿威しの音は甲高く鳴り響いた。

服部屋敷を出入りする女はいなかった。

房吉は、見張り続けた。

「房吉さん……」

左近が現れた。

「やあ……」

「遣いの者が持参した手紙は読みましたよ」

左近は告げた。

「そうですか……」

房吉は、七化おりょうと雲切おまちが小石川の服部屋敷に入ったと書いた手紙を、公事宿『巴屋』に届けるように行商人に金を握らせて頼んだ。

手紙は、公事宿『巴屋』に届けられ、左近の手に渡った。

「あそこですか、おりょうとおまちが入った服部家の控屋敷は……」

左近は、服部家の控屋敷を眺めた。

「ええ。おそらくお玉、おきょう、おとらも潜んでいるかと……」

房吉は読んだ。

「ならば、白浪五人女が揃っていますか……」

左近は苦笑した。

「きっと……」

房吉は頷いた。

「して、彦兵衛旦那の話では、扇屋の隠居の家から掛軸を盗んだ出入りの女髪結がいるそうです」

「若い女、おまちが細長い風呂敷包みを抱えていましたよ」

「そいつが、女髪結ですかね」

左近は読んだ。

「きっと。で、掛軸にはどんな絵が……」

「雪の六地蔵だそうです」

「冬の絵ですか……」

「ええ。どうやら寺の境内の六地蔵に浜島庄兵衛の金が隠されているようですね」

左近は睨んだ。

「ですが、今のところ、その寺が何処の寺かは未だ分からない……」

「残る夏の絵ですか……」

左近は、残る掛軸の夏の絵を見れば、春の絵に描かれた寺が何処の何と云う寺か分かる仕掛けだと気付いていた。

「ええ。で、白浪五人女、どう動くか……」

房吉は、服部家の控屋敷を見詰めた。

「先ずは残る夏の絵の掛軸ですか……」

左近は笑った。

「ええ。ところで赤目の佐平次一味はどうなりました」

「御厩河岸の隠れ家、木曾忍びに襲われましてね。赤目の佐平次一味、他の隠れ家に移りましたよ」

「へえ。木曾忍び、手強《てごわ》そうですね」

「ええ。飛猿と云う小頭がいましてね。かなりの手練れです」

「そんなに……」

房吉は眉をひそめた。

「ええ。お陰で赤目の佐平次一味は、白浪五人女に手出しをしている暇がありません。今の内です」

左近は笑った。

小石川の旗本屋敷街は夕陽に映えた。

服部家控屋敷の表門脇の潜り戸が開いた。

「房吉さん……」

「ええ……」

房吉は喉を鳴らした。

料理屋の女将のような粋な形の大年増が、服部家控屋敷の潜り戸から現れた。

「茶店のおくめ、七化おりょうです」

左近は、粋な形の大年増の正体を見抜いた。

「えっ……」

房吉は戸惑った。

七化おりょうは、辺りを油断なく窺い、神田川沿いにある水戸《みと》藩江戸上屋敷の方に足早に向かった。

「私が追います」

左近は、七化おりょうを追った。

「気を付けて……」

房吉は見送った。

七化おりょうは、旗本屋敷街と水戸藩江戸上屋敷の脇を抜けて外濠沿いに出た。
左近は尾行た。
七化おりょうは、外濠沿いの道を牛込御門に向かった。
何処に行くのか……。
左近は読んだ。
何処かは分からないが、夏の絵の掛軸のある処《ところ》に間違いない。
左近は睨んだ。
七化おりょうは、夕暮れ時の外濠沿いの道を足早に進んだ。
左近は追った。

第三話　隠し金

一

牛込御門に市谷御門……。

七化おりょうは、馴れた足取りで夜道を足早に進んだ。

流石《さすが》は女白浪。

夜道には馴れている……。

左近は苦笑し、闇を揺らして行く七化おりょうの後ろ姿を見詰めた。

四ッ谷御門、喰違《くいちがい》、赤坂御門……。

七化おりょうは、赤坂御門前を進んで赤坂の町屋を抜け、一ツ木町の坂道を上がり始めた。

左近は追った。
赤坂一ツ木町に出た七化おりょうは、坂道を上がって寺の山門前に立ち止まった。
左近は、闇に潜んで見守った。
七化おりょうは、辺りを窺って山門を潜った。
左近は、寺の山門に走って境内を窺った。
七化おりょうは、境内の奥にある庫裏《くり》に入って行った。
左近は見届けた。
法音寺……。
左近は、山門に掲げられた『法音寺』の扁額《へんがく》を読んだ。
此の寺に、夏の絵の描かれた掛軸があるのかもしれないのだ。
よし……。
左近は、境内に入って本堂に走った。
本堂の祭壇に祀《まつ》られた仏像は、差し込む蒼白い月明かりに照らされていた。

左近は、本堂に忍び込み、奥の廊下から庫裏に向かった。

本堂と庫裏を結ぶ廊下は長く、連なる座敷の一室には明かりが灯されていた。

廊下の奥から人の来る気配がした。

左近は、咄嗟に天井に跳んで張り付いた。

寺男が、七化おりょうを誘って来た。

左近は見守った。

「和尚さま、檀家の越後屋《えちご》おりょうさまがお見えになりました」

寺男は、明かりの灯されている座敷に告げた。

「おお。どうぞ、お入り下され……」

初老の男の弾んだ声が座敷からした。

「はい。お邪魔します」

七化おりょうは、戸口の襖を開けて科《しな》を作って挨拶をした。

寺男は、襖を閉めて庫裏に戻って行った。

左近は、廊下の天井から跳び下り、和尚とおりょうのいる座敷の隣室に忍び込んだ。

隣室は暗かった。

左近は、隣室の長押《なげし》に跳び、天井板を外して天井裏に忍び込んだ。

天井裏は暗く、埃《ほこり》と黴《かび》の臭いに満ちていた。

左近は、梁《はり》を伝っておりょうと和尚の微かな囁き声の聞こえる座敷の上に進んだ。そして、梁の上に忍び、天井板に苦無の鋒で小さな穴を開けて覗いた。

小さな穴から見える座敷では、初老の和尚が七化おりょうの酌で酒を飲んでいた。

左近は見守った。

「ささ、おりょうさんも一献……」

和尚は、おりょうに酒を勧めた。

「じゃあ、一杯だけ……」

おりょうは、和尚の酌で科を作って飲んだ。

「ああ、美味しい……」

おりょうは、赤い唇を酒に濡らした。

「じゃあ、もう一杯……」

和尚は、尚も嬉しげに酒を勧めた。

「まあ。宗順《そうじゅん》さま……」

おりょうは、艶然とした眼付きで宗順を小さく咎《とが》めた。

「良いじゃありませんか……」

宗順と呼ばれた和尚は、おりょうの肩を抱き寄せて酒を飲ませた。


左近は、天井裏から見守った。

おりょうは、おくめと名乗る茶店の老婆とはまるで別人だった。

役者や忍びの者も顔負けだ。

七化と呼ばれるだけの事はある……。

左近は感心した。

宗順和尚は、酒を飲みながらおりょうの襟元から手を入れ、乳房を愛撫した。

「あっ、宗順さま……」

おりょうは、身をくねらせて抗《あらが》った。

「良いではないか、おりょうさん……」

宗順は、おりょうの乳房を執拗《しつよう》に愛撫した。

「宗順さま……」

おりょうは、鼻声を出して宗順に抱き付き、小さな丸薬を徳利に入れた。

左近は見逃さなかった。

「あ、痛い……」

おりょうは眉を顰《ひそ》めた。

「おお。済まぬ。痛かったか……」

宗順は、思わずおりょうを離した。

「もっと優しく……」

おりょうは、微笑んで宗順に酌をした。

「うむ。優しくな……」

宗順は、嬉しげに注がれた酒を飲んだ。

「ささ、もう一杯……」

おりょうは、宗順に丸薬を入れた酒を飲ませた。

宗順は、おりょうに酌をされるままに酒を飲んだ。

「うむ。おりょうさん……」
宗順は、おりょうを隣の寝間に連れ込んだ。
寝間には蒲団が敷かれていた。
宗順は、おりょうを蒲団に押し倒して豊満な乳房を露《あら》わにし、顔を埋めた。
「ああ……」
おりょうは喘《あえ》いだ。
喘ぎながら、冷徹な眼を光らせた。
左近は、咄嗟に天井板に開けた小さな穴から僅かに身を退いた。
おりょうの喘ぎ声は続き、宗順の激しい息遣いが聞こえた。
左近は、再び天井板の穴を覗いた。
宗順は、おりょうに覆い被さったまま寝息を立てていた。
酒に入れた丸薬は眠り薬……。
左近は睨んだ。
おりょうは、身体の上の宗順を退《ど》かした。
宗順は眠っていた。

おりょうは身を起こし、眠っている宗順を嘲笑った。
さあて、どうする……。
左近は、おりょうを見守った。
おりょうは、素早く身繕いをして座敷の外の様子を窺った。
座敷を出る……。
左近は、梁伝いに移動した。

廊下は薄暗かった。
おりょうは、宗順の座敷から現れて庫裏を窺った。
庫裏から寺男の鼾《いびき》が聞こえた。
おりょうは苦笑し、廊下を本堂に向かって進み、奥の納戸に入って板戸を閉めた。
左近は、隣室から現れた。
夏の絵の掛軸は、納戸にあるのか……。
左近は、閉められた板戸に忍び寄り、苦無の鋒で板戸に小さな穴を開け始めた。

納戸は暗く、使われない日用家具が雑多に置かれていた。

おりょうは、手燭《てしょく》に火を灯《とも》した。

手燭の明かりは、おりょうの顔と納戸の中を仄《ほの》明るく照らした。

おりょうは、片隅に積まれた細長い箱を開け、中の掛軸を検め始めた。

掛軸には、様々な寸法と装丁の掛軸があった。

おりょうは、お玉やおきょう、おまちたちが手に入れてきた掛軸と同じ寸法で同じ装丁の掛軸を探した。だが、同じような掛軸は容易に見付からなかった。そして、これぞと思った掛軸を開き、中の絵を検めた。

既にある掛軸の三枚の絵の筆遣いや色遣いと同じ絵は、見付からなかった。

おりょうは、突き上げる苛立ちを懸命に抑え、粘り強く探した。

だが、納戸に積まれた掛軸の箱は数知れなかった。


左近は、板戸に開けた小さな穴から納戸のおりょうを見守った。

庫裏から聞こえていた寺男の鼾が止み、小さな物音がした。

寺男が眼を覚ました……。

左近は、咄嗟に天井に跳んで張り付いた。

奥の庫裏から廊下を踏みしめる微かな軋みが聞こえ、手燭の明かりが揺れた。

拙《まず》い……。

手燭を持った寺男が現れ、辺りを見廻しながら廊下をやって来た。

納戸にいるおりょうに気が付かれる。

どうする……。

左近は、何故か微かな焦りを覚えた。

寺男は、手燭を揺らして来る。

左近は、咄嗟に棒手裏剣を寺男の背後に放った。

棒手裏剣は、寺男の頭上を飛んで突き当たりの壁に音を立てて当たり、横手に転がった。

寺男は振り返った。そして、怪訝な面持ちで廊下を庫裏に戻って行った。

次の瞬間、おりょうが納戸から現れ、素早く宗順の座敷に入って行った。

左近は、廊下の天井に張り付いたまま、微かな安堵を覚えた。

何故だ……。

何故、七化おりょうの為に焦ったり、安堵《あんど》したりするのか……。

左近は苦笑し、廊下に跳び下りた。

法音寺は静寂に包まれた。

四半刻《しはんとき》（三十分）が過ぎた。

七化おりょうは、何も持たずに法音寺を出た。そして、夜の外濠沿いを小石川に急いだ。

探していた掛軸は見付からなかったのだ。

左近は追った。


御厩河岸の船着場を出た渡し船は、客を乗せて大川に漕ぎ出して行った。

左近は、板塀の廻された織物問屋『武州屋』の寮を眺めた。

盗賊赤目の佐平次と一味の者共は、既に天竜の五郎を連れて立ち退いている。

木曾忍びの小頭飛猿はどうしたのか……。

配下の木曾忍びに、盗賊赤目一味を追わせているのに間違いない。

左近は、織物問屋『武州屋』の寮に向かって鋭い殺気を放った。

織物問屋『武州屋』の寮の屋根に人影が僅かに動いた。

木曾忍び……。

左近は、咄嗟に物陰に隠れた。

木曾忍びの小頭飛猿は、配下を忍ばせて赤目一味の者が現れるのを待たせた。

それは、木曾の飛猿が盗賊赤目一味の行方を摑んでいない証《あかし》だ。

どうする……。

左近は迷った。

よし……。

迷いは短かった。

左近は、物陰を出て織物問屋『武州屋』の寮を眺めた。そして、寮の前を通り、大川沿いの道を浅草吾妻《あずま》橋に向かった。


大川沿いの道は、浅草吾妻橋を越えても続いている。

左近は、駒形堂《こまがたどう》、竹町之渡《たけちょうのわたし》の傍を抜けた。

追って来る……。

左近は、追って来る木曾忍びの者の気配を感じながら吾妻橋に向かった。

吾妻橋は浅草広小路と北本所《きたほんじょ》を結び、大勢の人が行き交っていた。

左近は、吾妻橋の西詰を横切って浅草花川戸町《はなかわどまち》に入った。

追手の気配は続いた。

左近は、不意に振り返った。
頬被りをした人足は、素早く物陰に隠れた。
木曾忍びだ……。
左近は見定め、気が付かぬ振りをして進んだ。
花川戸町、山之宿町《やまのしゆくまち》、山之宿六軒町《ろつけんちよう》、金龍山下瓦町《きんりゆうざんしたかわらまち》……。
左近は、隅田川沿いに連なる町々を進んだ。
そして、山谷《さんや》堀に架かっている今戸《いまど》橋を渡り、今戸町に入った。
今戸町の長い町並みを抜けると、盗賊赤目一味の潜む宝光寺のある橋場町になる。
左近は進んだ。
木曾忍びは尾行《つけ》て来る。
隅田川の流れの向こうには、向島《むこうじま》の桜並木の土手道が見えた。
此の寺か……。
左近は、橋場町の宝光寺の前に佇んだ。

宝光寺は古い寺であり、近くに小さな船着場があった。
左近は、いきなり宝光寺の土塀沿いの小道に駆け込んだ。

木曾忍びは慌てて左近を追い、宝光寺の土塀沿いの小道に入った。
左近はいなかった。
宝光寺の土塀沿いの小道には、左近の姿はなかった。
木曾忍びは、左近を捜して小道の奥に走った。
左近は、土塀の上に伏せて見送り、宝光寺の庭に跳んだ。

宝光寺の庭は荒れていた。
左近は、荒れた庭から境内に進んだ。
境内に雑草は生えていなかったが、掃除などの手入れはされていなかった。
左近は、宝光寺の本堂を眺めた。
本堂は扉を閉め、静けさに満ちていた。
人影が動いた。
左近は苦笑した。

「利平か……」

左近は呼び掛けた。

本堂の扉を開け、利平が現れた。

「お一人ですかい……」

利平は、油断のない眼で左近を窺った。

「ああ……」

左近は頷いた。

「お頭がお待ちですよ」

利平は、扉の前を空けた。

「うむ……」

左近は、本堂の階《きざはし》を上がった。

「天竜の五郎はどうした」

「土蔵で垂れ流していますぜ」

利平は嘲笑を浮かべた。

「そうか……」

左近は、利平に誘われて本堂から座敷に向かった。

「やぁ。左近の旦那……」

赤目の佐平次は、笑みを浮かべて左近を迎えた。

「七化おりょうが茶店を閉めて消えた……」

左近は告げた。

「おりょうが……」

「ああ。お玉やおきょうも一緒だ……」

「そうですか……」

佐平次は眉をひそめた。

「何処に潜んでいるか、心当たりはあるか……」

左近は惚けた。

「さあて、女白浪の奥の手は、何と云っても色仕掛け。どんな男でも誑し込んで潜り込む。きっと男の処だと思いますがね」

佐平次は、鋭い読みを見せた。

「誑し込んだ男の処か……」

「ええ……」

佐平次は笑った。

「それで佐平次の頭、おりょうたちが姿を消したのは、掛軸に隠された秘密が分かったからではないかと思うのだが、違うかな」

左近は読んだ。

「ええ。かもしれませんね」

佐平次は、赤い眼を僅かに輝かせた。

「やはりな……」

「分かりました。江戸に散っている一味の者共に心当たりを捜させますぜ」

佐平次は笑った。

「うむ。頼む……」

左近は頷いた。


左近は、利平に見送られて宝光寺を出た。

宝光寺で逢ったのは、頭の赤目の佐平次と利平だけだが、配下の者たちが潜んでいるのは間違いなかった。

利平は、左近が宝光寺を出たのを見届けて山門を閉めた。

左近は、それとなく辺りを窺った。

隅田川から吹く川風には、人の気配が混じっていた。

船着場に木曾忍びが潜んでいる……。

左近は、宝光寺の山門の前から立ち去った。

木曾忍びが船着場から現れ、立ち去る左近を見送った。

左近の姿が辻に消えた。

木曾忍びは、宝光寺を窺った。

「此の寺か……」

小頭の飛猿が現れ、宝光寺を見据えた。

「小頭……」

「此の寺に赤目の佐平次たちと天竜の五郎がいるのだな……」

「おそらく……」

「よし……」

飛猿は合図をした。

木曾忍びの者たちが船着場から現れた。

「情け容赦は無用。木曾忍びの恐ろしさを思い知らせてやれ」

飛猿は命じ、息を短く吐いた。

木曾忍びの者たちは、宝光寺に殺到して土塀を乗り越え、次々に侵入した。


本堂に潜む利平は、境内に侵入して来る木曾忍びに気が付いた。

「木曾忍びだ。お頭に報せろ……」

利平は、配下の手下に命じた。

手下は、本堂の奥に走った。

利平は、侵入して来た木曾忍びの者たちを見詰めた。


「やはり、来たか……」

左近は、宝光寺の屋根に潜んで侵入して来た木曾忍びを見守った。

盗賊赤目の佐平次一味の者たちは、侵入して来た木曾忍びに襲い掛かった。

木曾忍びの者たちは、襲い掛かる盗賊の手下たちを無言の内に斃した。

如何に非道な盗賊でも、木曾忍びの容赦のない攻撃の敵ではなかった。

飛猿は冷笑した。

木曾忍びの者たちは、盗賊共を斃して宝光寺に雪崩《なだ》れ込んだ。

飛猿は続いた。

さあて、どうなる……。

左近は苦笑し、宝光寺の屋根から大きく跳んだ。

二

木曾忍びは、宝光寺の本堂に雪崩《なだ》れ込んだ。

盗賊赤目の佐平次は、利平と二人の浪人に護られていた。

「木曾の山猿……」

佐平次は、赤い眼に狡猾な笑みを浮かべた。

「赤目の佐平次……」

飛猿は、佐平次を見据えた。

「山猿に花のお江戸は似合わねえ。さっさと木曾に帰るのだな」

「案ずるなら、己の身を案じるのだな」

飛猿は苦笑した。

「そうかい。どうしても木曾に帰らねえと云うのなら、おい……」

佐平次は、戸口に声を掛けた。

浪人の坂上甚十郎が、血と汚れに塗《まみ》れてぐったりとしている天竜の五郎を引き立てて来た。

「御館さまの可愛い孫の天竜の五郎。殺されたくなければ、大人しく木曾に帰れ」

佐平次は、ぐったりしている五郎を残忍に見据えた。

「た、助けろ。飛猿……」

五郎は、嗄れ声を切れ切れに洩らした。

「佐平次、五郎を解き放て……」

飛猿は、佐平次を鋭く見据えた。

「そうはいかねえ……」

佐平次は、坂上に目配せをした。

坂上は、五郎の喉元に刀を突き付けた。

五郎は、苦しげに仰け反った。

「そうか。解き放てぬか……」

「ああ。刀や得物《えもの》を棄てれば、話は別だ……」

佐平次は、残忍な笑みを浮かべた。
刹那、飛猿の手が僅かに動き、煌めきが放たれた。
鈍い音が鳴った。
佐平次、坂上甚十郎、利平、二人の浪人は驚いた。
天竜の五郎の腹には、苦無が深々と突き刺さっていた。
「と、飛猿……」
五郎は、飛猿を哀しげに見詰めた。
「五郎、最早《もはや》、死ぬしかあるまい……」
飛猿は、冷たく云い放ち、本堂の床を蹴って五郎と坂上に跳んだ。
坂上は、咄嗟に五郎を盾にした。
飛猿は、跳びながら二尺強の長さの管槍《くだやり》を出して振った。
二尺程の長さの槍の穂先が飛び出た。
飛猿は、二尺程の穂先を五郎の胸に突き刺して押し込んだ。
坂上は悲鳴を上げた。
管槍の二尺程の穂先は、五郎の胸を貫いて坂上に突き刺さった。
「死ね……」

飛猿は、管槍を尚も刺した。

坂上は眼を瞠《みは》って呻き、踠《もが》いた。

「おのれ……」

佐平次を護っていた浪人の一人は、猛然と飛猿に斬り掛かった。

飛猿は跳び退いた。

木曾忍びの者たちが、一斉に襲い掛かった。

斬り掛かった浪人は、前後左右に木曾忍びの刃を受けて仰け反り斃れた。

佐平次は、残る浪人に護られて本堂から奥の廊下に逃げた。

木曾忍びの者たちは、佐平次と浪人を追った。

飛猿は、斃れている天竜の五郎と浪人の坂上甚十郎を冷たく見下ろした。

「愚かな……」

飛猿は、五郎に冷たく云い放って本堂の奥に入って行った。

天竜の五郎と坂上甚十郎の死体が残された。

左近が天井から現れ、五郎と坂上の死体を見下ろした。

小頭の飛猿は、一抹《いちまつ》の憐憫《れんびん》を過ぎらせて五郎に苦無を打ち込み、躊躇《ためら》いなく冷徹に管槍で止めを刺した。

如何に御館が可愛がっている孫でも抜け忍であれば当然の始末、寧《むし》ろ手温《てぬる》く遅いと云えるのだ……。

左近は、木曾忍びの小頭飛猿の覚悟を知った。

盗賊赤目の佐平次は、用心棒の浪人に護られて一室に駆け込み、素早く板戸を閉めた。

木曾忍びは追い縋《すが》り、一室の板戸を開けようとした。だが、一室の板戸は開かなかった。

木曾忍びは、板戸を蹴破った。

次の瞬間、一室が火を噴いた。

木曾忍びは仰け反り、後退した。

「外だ……」

飛猿は命じた。

木曾忍びは外に走った。

「おのれ……」

飛猿は、燃え盛る一室に飛び込んだ。

一室の中は燃え盛り、裏庭に続く雨戸が開け放されていた。

飛猿は、燃え盛る一室から裏庭に出た。

裏庭は燃える炎に照らされていた。

飛猿は、辺りに佐平次たちを捜した。だが、潜んでいる形跡はなかった。

「小頭……」

木曾忍びたちが駆け寄って来た。

「周囲を捜せ」

飛猿は命じた。

木曾忍びは散った。

「此のままには棄ておかぬ……」

飛猿は、燃える炎を背に受けて腹立たしげに見送った。

左近は、土蔵の屋根に潜んで飛猿を見守った。

抜け忍の天竜の五郎を始末し、木曾忍びの小頭飛猿の役目の一つは終わった筈だ。だが、飛猿が此のまま大人しく手を引くとは思えなかった。

どう動く……。

左近は、飛猿の動きが気になった。

飛猿は、見詰める視線を感じて振り返った。

背後には土蔵が建っており、屋根に人影が過ぎった。

忍びの者……。

盗賊赤目の佐平次には、得体の知れぬ忍びの者が拘わっているのだ。

飛猿は、厳しい面持ちで土蔵の屋根を見据えた。

左近は宝光寺を出た。

盗賊赤目の佐平次は、狡猾な男だ。

木曾忍びの襲撃にもめげず、女白浪たちに浜島庄兵衛の隠し金を探させ、横取りする企てを諦める筈はない。

七化おりょうは、今夜も赤坂法音寺にある掛軸を狙うのか……。

左近は、小石川の服部家の控屋敷に急いだ。

小石川の服部家控屋敷は、出入りする者も滅多にいなかった。

房吉は、旗本屋敷の中間長屋の一室を借り、窓から斜向かいの服部家控屋敷を見張っていた。

服部家控屋敷から下女が出て来た。

誰だ……。

房吉は緊張した。

下女は、須走おとらだった。

須走おとらは、油断なく辺りを窺って本郷に向かった。

何処に行く……。

房吉は、中間部屋を出ておとらを追った。

湯島天神は参拝客で賑《にぎ》わっていた。

須走おとらは、本郷から切通しを抜けてやって来た。

房吉は見守った。

おとらは、拝殿前にある奇縁氷人石《きえんひょうじんせき》に駆け寄り、〝たつぬるかた〟に一枚の紙を貼り付けた。

誰かと繋《つな》ぎを取る……。

奇縁氷人石とは、片側が〝たつぬるかた〟で縁談や尋ね人などを書いた紙が貼られ、心当たりのある者が反対側の〝をしふるかた〟に返事の紙を貼って縁を結ぶとされていた。

房吉は、おとらの立ち去った奇縁氷人石に駆け寄った。そして、おとらの貼った紙をそれとなく見た。

紙には、『さる、小石川服部家控屋敷、とら』と書かれていた。

須走おとらは、さると云う者に服部家控屋敷にいると伝えようとしている。

房吉は睨んだ。

須走おとらは、湯島天神を後にして切通しに向かった。

小石川の服部家控屋敷に帰る……。

房吉は読み、後を追った。

須走おとらは、服部家控屋敷に戻った。

房吉は見届けた。

「房吉さん……」

左近が路地にいた。

房吉は、路地にいる左近に近付いた。

「須走おとらですか……」

「ええ。湯島天神の奇縁氷人石に行き、さると云う者に此処の屋敷を教える紙を貼って来ましたよ」

房吉は報せた。

「さる、ですか……」

「ええ……」

「おそらく木曾忍びの小頭飛猿でしょう」

「やはり……」

房吉は眉をひそめた。

「ええ……」

左近は頷いた。

「で、そちらはどうでした……」

「飛猿たちが橋場の宝光寺の赤目の佐平次一味を襲い、捕らえられていた抜け忍の天竜の五郎を始末しましたよ」

「飛猿が五郎を……」

房吉は眉をひそめた。

「ええ……」

「そうですか。小頭の飛猿、抜け忍とはいえ、御館の孫の五郎を始末しましたか
……」

「飛猿が覚悟を決めて自ら手を下した限りは、赤目の佐平次を地の果て迄も追い、必ず討ち果たすでしょう」

左近は読んだ。

「そいつが忍びですか……」

「ええ……」

左近は、淋しげな笑みを浮かべた。

小石川の旗本屋敷街は、夕陽に照らされ始めた。

小石川蓮華寺《れんげじ》の鐘は、戌《いぬ》の刻五つ（午後八時）を報せた。

左近は、旗本屋敷中間部屋の武者窓から斜向かいの服部家控屋敷を見張ってい

た。

服部家控屋敷の前の闇が僅かに揺れた。

左近は気付いた。

総髪《そうはつ》に袴姿の侍が闇から現れた。

木曾の飛猿……。

左近は睨んだ。

木曾の飛猿は、辺りに人の気配がないのを見定め、服部家控屋敷の土塀を身軽に跳び越えた。

「房吉さん……」

左近は、仮眠を取っていた房吉を呼んだ。

「どうしました……」

房吉は眼を覚ました。

「飛猿が現れました」

「飛猿が……」

須走おとらが奇縁氷人石に貼った紙を見て現れたのだ。

房吉は読んだ。

「ええ。ちょいと見て来ます」
左近は、中間部屋から出て行った。
房吉は、武者窓に寄った。
服部家控屋敷は夜の闇に覆われていた。
左近は、旗本屋敷の屋根に上がり、斜向かいの服部家控屋敷を窺った。
結界《けっかい》……。
左近は眉をひそめた。
服部家控屋敷には、既に木曾忍びの結界が張られていた。
木曾忍びの小頭飛猿は、配下の木曾忍びに護りを固めさせていた。
飛猿に抜かりはない……。
左近は苦笑した。
よし……。
左近は、服部家控屋敷に無理に忍び込まず、その動きを見守る事にした。
僅かな刻が過ぎた。
左近は見守った。

服部家控屋敷に張られた結界が揺れた。
飛猿が動く……。
左近は読んだ。
服部家控屋敷から飛猿が現れ、張られていた結界が解かれた。
飛猿は、本郷に向かって足早に進んだ。
配下の木曾忍びの者たちは、飛猿を護るように周囲の暗がりを進んで行った。
左近は、最後に行く木曾忍びの者に充分な距離を取って続いた。
房吉は、旗本屋敷の中間部屋の武者窓から去って行く飛猿を見送った。
左近は、追って行った。
房吉は読んだ。
服部家控屋敷から二人の女が現れた。
誰だ……。
房吉は眼を凝らした。
二人の女は、七化おりょうと須走おとらだった。
おりょうとおとらは、本郷に向かった。

追う……。
房吉は、旗本屋敷の中間部屋を出た。
木曾忍びの者たちは、本郷を抜けて外濠沿いの道に出て牛込御門に進んだ。
左近は追った。
牛込御門、市谷御門、四ッ谷御門、喰違の袂を進んだ。
左近は追った。
赤坂御門が行く手に見えた。
行き先は赤坂法音寺か……。
左近は読んだ。
赤坂一ツ木町の坂道には、夜廻りの木戸番の打つ拍子木の音が甲高く響いていた。
法音寺は坂道の上だ。
木曾忍びの者たちは暗がりに散った。
左近は、暗がりに潜んで坂道の上を窺った。

法音寺の山門の前に飛猿が佇んでいた。

飛猿は須走おとらに頼まれ、法音寺に押込んで最後の掛軸を奪いに来たのかもしれない。

左近は読んだ。

飛猿は、配下の木曾忍びに合図をした。

木曾忍びたちは、法音寺の土塀を越えて境内に忍び込んだ。

左近は続いた。


法音寺は静寂に覆われていた。

住職の宗順と寺男は眠り込んでいる。

左近は読んだ。

木曾忍びは、法音寺に結界を張った。

左近は、素早く法音寺の本堂に忍び込んだ。

本堂は暗く、冷ややかだった。

左近は、本堂の奥に進んで住職宗順の座敷のある廊下を窺った。

宗順の鼾が座敷から聞こえた。

左近は、廊下を進んだ。

廊下を鉤《かぎ》の手に曲がると、その先に庫裏と寺男が寝起きする小部屋がある。

廊下を曲がると、寺男の鼾が洩れて来た。

睨み通り、宗順と寺男は眠っている。

左近は見定め、本堂に戻って境内を窺った。

飛猿が、二人の盗っ人姿の者と一緒にいた。

誰だ……。

左近は、二人の盗っ人姿の者を見詰めた。

須走おとらと七化おりょう……。

左近は見定めた。

飛猿は、おとらやおりょうと共に法音寺に忍び込んだ。

七化おりょうと須走おとらは、飛猿たち木曾忍びの力を借りて最後の掛軸を奪いに来たのだ。

木曾忍びの小頭飛猿は、女白浪たちの力になって赤目の佐平次の企みの邪魔をし、掛軸を狙って現れたところを討ち果たせると読んだ。

左近は、飛猿の腹の内を推測した。

女白浪たちと木曾の飛猿は、互いの利の為に手を組んだ。

左近は知った。


飛猿は、鼾を掻いている住職の宗順と寺男に眠り薬を飲ませ、眠りを深くした。

七化おりょうと須走おとらは、納戸に入って積まれた掛軸を検め始めた。

刻が過ぎた。

「あった……」

七化おりょうは、一本の掛軸の絵を見詰めて呟《つぶや》いた。

「あったのかい、七化の……」

須走おとらは、検めていた掛軸を置いた。

「ええ……」

七化おりょうは、須走おとらに掛軸の絵を見せた。

おとらは、絵を覗き込んだ。

掛軸の絵には、緑の木々に囲まれた寺の山門と本堂が、他の絵と同じ柔らかい筆遣いと淡い色で描かれていた。

「夏の絵……」

おとらは呟いた。

「ええ。扁額には双雲寺《そううんじ》と書かれているね」

おりょうは眉をひそめた。

絵の山門の扁額には、小さいがはっきりと『双雲寺』と書かれていた。

「知っているか……」

「いや。私は知らぬが、お玉やおきょう、おまちが何処の寺か分かるかも……」

おりょうは眉をひそめた。

「うん。とにかく、此の双雲寺の境内の六地蔵の傍に浜島庄兵衛の残した金が隠されているんだよ」

おとらは声を弾ませた。

「見付かったか……」

飛猿が入って来た。

「ええ。お陰でね」

「そうか。これで赤目の佐平次、捜す事もなく向こうから現れるな」

飛猿は冷笑した。

「ええ。狡賢《ずるがしこ》くて執念深い赤目の佐平次だからね」

須走おとらは苦笑した。

飛猿は、七化おりょうと須走おとらを四人の木曾忍びに護らせ、小石川に帰した。

そして、残った木曾忍びを従えて溜池《ためいけ》に向かった。

左近は、法音寺の前で見送った。

「左近さん……」

房吉が物陰から現れた。

「七化おりょうと須走おとらを追って来ていましたか……」

「ええ。で……」

「おりょうとおとら、漸《よう》く最後の掛軸を見付けましたよ」

左近は苦笑した。

「じゃあ、これで浜島庄兵衛の残した金の隠し場所が分かりますか……」

「ええ。で、白浪五人女がどう動くか……」

左近は、楽しげに笑った。

三

七化おりょうと須走おとらは、小石川の服部家控屋敷に戻った。

四人の木曾忍びは、そのまま女白浪の陰の護衛に付いた。

左近と房吉は見届けた。

「さあて、掛軸の四枚の絵が揃い、何処の寺かが分かり、女白浪たちがどう動くか……」

房吉は眉をひそめた。

「ええ。眼が離せませんね」

左近は、服部家控屋敷を窺った。

白浪五人女に木曾忍びが陰の護衛に付いた限り、下手に忍び込んだりは出来ない。

左近は苦笑した。

燭台《しょくだい》の火は辺りを照らしていた。

春の田舎の里……。

夏の『双雲寺』の山門と本堂……。

秋の供養塔と六地蔵……。

冬の六地蔵……。

須走おとら、七化おりょう、おさらばお玉、三毛猫おきょう、雲切おまちは、並べられた四枚の絵を覗き込んだ。

『四枚の絵を読む限り、何処かの里にある双雲寺と云う寺の境内の供養塔の傍にある六地蔵に、大盗〝日本駄右衛門〟こと浜島庄兵衛の残した金が隠されていることがわかる……』

須走おとらは読んだ。

「それでみんな、夏の絵に描かれている双雲寺を知っているかい……」

七化おりょうは、お玉、おきょう、おまちに尋ねた。

「さあて、ねえ……」

お玉とおきょうは首を捻った。

「雲切はどうなんだい……」

「ええ。双雲寺って名前、聞いた事がありますよ」

雲切おまちは眉をひそめた。

「何処だい。何処にあるんだい……」

おとらは、身を乗り出した。

「詳しい場所は分かりませんが、浜島庄兵衛は下目黒《しもめぐろ》に情婦《おんな》を囲っていて、傍にお寺があり、そのお寺が確か双雲寺って名前だったと思います」

おまちは告げた。

「じゃあ、此の春の絵は下目黒の里で、双雲寺があるんだね」

おとらは声を弾ませた。

「だと思いますけど……」

おまちは、自信なさげに頷いた。

「よし。先ずは下目黒に双雲寺って寺があるかどうか、調べてみるか……」

七化おりょうは告げた。

「ええ……」

おさらばお玉、三毛猫おきょう、雲切おまちは頷いた。

燭台の火は瞬《またた》いた。

左近と房吉は、旗本屋敷の中間部屋から服部家控屋敷を見張り続けた。

服部家控屋敷の潜り戸が開いた。

御高祖《おこそ》頭巾を被った武家の奥方は、二人の侍女を従えて潜り戸から出て来た。

「七化おりょうと、三毛猫おきょう、雲切おまちですね」

左近は、武家の奥方と二人の侍女の正体を直ぐに見抜いた。

武家の奥方に化けたおりょうは、侍女に扮したおきょうとおまちを従え、落ち着いた足取りで本郷に向かった。

「掛軸の四枚の絵に描かれている寺が分かったのかもしれませんね」

左近は読んだ。

「追います」

房吉は尾行ようとした。

「房吉さん、おそらく木曾忍びの影供《かげとも》が付いています」

左近は忠告した。

「分かりました。気を付けて尾行ます」

房吉は、笑みを浮かべて中間部屋から出て行った。

残る須走おとらとおさらばお玉は、どうするのだ。

左近は、服部家控屋敷を見張った。

僅かな刻が過ぎた。

笠を被り、手甲脚絆《てっこうきゃはん》の旅姿の女が二人、服部家控屋敷から現れた。

須走おとらとおさらばお玉……。

左近は見定めた。

須走おとらとおさらばお玉は、辺りを警戒しながら本郷に向かった。

木曾忍びは、陰から警護をしている筈だ。

須走おとらとおさらばお玉は、先に出た七化おりょう、三毛猫おきょう、雲切おまちと何処かで落ち合う筈だ。

よし……。

左近は、旗本屋敷の中間部屋を出て須走おとらとおさらばお玉を追った。


外濠には水鳥が遊び、水飛沫が煌めいていた。

須走おとらとおさらばお玉は、旅の母娘《おやこ》を装って外濠沿いを進んだ。

左近は、距離を取って慎重に追った。

おとらとお玉の背後には、編笠を被った侍と雲水《うんすい》が見え隠れに続いていた。

木曾忍びの影供……。

左近は見定めた。

おとらとお玉は、外濠沿いを四ッ谷御門に向かって進んだ。

左近は追った。


七化おりょうは、三毛猫おきょうや雲切おまちと共に四ッ谷御門前を過ぎ、青山を抜けて尚も南に進んだ。

房吉は、途中で笠や半纏を買い、着たり脱いだりして形《なり》を変え、慎重に尾行た。

おりょう、おきょう、おまちは、原宿《はらじゅく》や渋谷《しぶや》を抜けて目黒に向かった。

目黒か……。

房吉は読み、木曾忍びの影供に気を付けながらおりょう、おきょう、おまちを追った。

目黒は江戸の南にあり、目黒川沿いに中目黒や下目黒が広がっている。

七化おりょう、三毛猫おきょう、雲切おまちは、行人坂《ぎょうにんざか》を進んで目黒川に架かっている太鼓橋を渡った。そして、龍泉寺《りゅうせんじ》目黒不動尊に向かった。

目黒不動尊か……。

房吉は追った。

龍泉寺目黒不動尊は、参拝客で賑わっていた。

七化おりょう、三毛猫おきょう、雲切おまちは、参拝もせずに門前にある料理屋の暖簾を潜った。

房吉は見届け、斜向かいの茶店の縁台に腰掛けて茶を頼んだ。

掛軸の夏の絵には、目黒不動尊が描かれていたのかもしれない。

房吉は、運ばれた茶を啜りながら読んだ。

もし、そうなら目黒不動尊の境内に古い供養塔と六地蔵があるのだ。

房吉は、目黒不動尊を眺めた。

目黒不動尊には、多くの参拝客が出入りしていた。

房吉は茶を啜り、微風に暖簾を揺らしている料理屋を眺めた。

七化おりょう、三毛猫おきょう、雲切おまちは、料理屋から出て来る様子はなかった。

房吉は、違和感を覚えた。

どうしてだ……。

もし、夏の絵に描かれているのが目黒不動尊ならば、おりょうたちはどうして境内に入って古い供養塔と六地蔵を探さないのだ。

直ぐに探したくなるのが人情だと云える。

だが、おりょうたちはそうはしなかった。

房吉は、戸惑いを覚えた。

直ぐに境内に探しに行かないのは、絵に描かれていた寺は目黒不動尊ではないからだ。

房吉は睨んだ。

陽は西に大きく傾いた。

七化おりょう、三毛猫おきょう、雲切おまちは、料理屋から出て来る事はなかった。

房吉は、料理屋を見張り続けた。

目黒不動尊は夕暮れ時を迎え、参拝客も帰り始めた。

笠を被った旅姿の老婆と若い女が現れ、料理屋の暖簾を潜った。

見覚えがある……。

房吉は眉をひそめた。

「房吉さん……」

左近が背後に現れた。

「左近さん。じゃあ、今の年寄りと女……」

房吉は、料理屋を見詰めた。

「ええ。須走おとらとおさらばお玉です」

左近は頷いた。

「最初から此の料理屋で落ち合うつもりだったようですね」

房吉は読んだ。

「じゃあ、先に出た七化おりょうたちは、此の料理屋に……」

左近は、料理屋を眺めた。

「ええ。目黒不動尊に参拝もせずに……」

房吉は頷いた。

左近は、下目黒の門前町を見廻した。

料理屋、茶店、土産物屋が連なる町家の背後には寺の屋根などが見えた。

此の目黒不動尊の近くの何処かに、掛軸の絵に描かれた寺がある。

七化おりょうたち女白浪は、未だ絵に描かれているその寺が何処にあるかは分からないのだ。

左近は睨んだ。

「左近さん……」

房吉は、目黒不動尊の山門を見て眉をひそめた。

目黒不動尊の山門の陰に利平がおり、料理屋を見張っていた。

「赤目の佐平次一味の利平です……」

「赤目一味……」

「ええ……」

利平は、何処で女白浪たちが目黒不動尊に来るのを知ったのか……。

左近は眉をひそめた。

半纏《はんてん》を着た男が利平に駆け寄った。

利平は、何事かを告げた。

半纏を着た男は頷き、利平と見張りを交代した。

利平は、料理屋を一瞥して駆け去った。

「房吉さん、此処を頼みます」
左近は、利平を追った。
房吉は、山門の陰から料理屋を見張っている半纏を着た男を窺った。
編笠を被った侍が山門の陰から現れ、素早く立ち去って行った。
いつの間に……。
房吉は戸惑った。
半纏を着た男は、山門の陰から動かなかった。
まさか……。
房吉は、山門の陰に潜む半纏の男に近付いた。
半纏を着た男は、虚《うつ》ろな眼差しで力なく山門に寄り掛かっていた。
「おい……」
房吉は、半纏を着た男に手を掛けた。
半纏を着た男は、崩れて前のめりに倒れた。
その背には真っ赤な血が広がっていた。
房吉は驚いた。

利平は、門前町を抜けて目黒川に架かる太鼓橋に進んだ。
左近は尾行《つけ》た。
太鼓橋の袂にいた雲水が利平に続いた。
左近は眉をひそめた。
雲水は、利平を尾行ている。
木曾忍びだ……。
左近は、雲水が木曾忍びだと睨んだ。
利平は、太鼓橋を渡って目黒川沿いの道に進んだ。
雲水は尾行た。
左近は、連なる町家の屋根に跳び、追った。
夕陽は沈んだ。

古い小さな商人宿は明かりを灯した。
利平は、目黒川沿いを進んで古い小さな商人宿に入った。
おそらく、古い小さな商人宿には、盗賊の赤目の佐平次が潜んでいるのだ。
雲水は見届け、来た道を戻ろうとした。

左近が不意に眼の前に現れた。

雲水は怯んだ。

「木曾忍びか……」

左近は笑い掛けた。

雲水は、錫杖《しやくじよう》の仕込刀を抜き打ちに放った。

左近は地を蹴って真上に跳び、棒手裏剣を投げた。

棒手裏剣は、雲水の饅頭笠《まんじゆうがさ》を打ち抜いて消えた。

雲水は凍《い》て付き、目黒川の流れに棒のように倒れ込んだ。

水飛沫が上がり、雲水は薄汚れた衣を広げて流れて行った。

左近は、冷徹に見送って古い小さな商人宿に向かった。


盗賊赤目一味の半纏の男を殺した編笠の侍は、木曾忍びの者だ。

房吉は、緊張した面持ちで辺りを窺った。

料理屋は軒行燈を灯し、僅かな客が出入りしていた。

提灯の明かりが揺れ、七化おりょう、須走おとら、おさらばお玉、三毛猫おきょう、雲切おまちが料理屋から出て来た。

編笠を被った侍が現れ、七化おりょうたちに何事かを告げた。

木曾忍びだ……。

房吉は見守った。

七化おりょうたちは頷き、編笠を被った侍と一緒に門前町から出て行った。

女白浪たちは木曾忍びと何処に行く……。

房吉は尾行を始めた。


木曾忍びと女白浪たちは、目黒川に架かっている太鼓橋や行人坂に向かわず、田舎道を北西に進んだ。

北西には、田畑に囲まれた金毘羅《こんぴら》大権現や祐天寺《ゆうてんじ》がある。

房吉は、慎重に尾行た。


古い小さな商人宿は大戸を閉めていた。

おそらく、盗賊赤目の佐平次の息の掛かった盗っ人宿に違いない。

左近は睨んだ。

大戸の潜り戸が開き、利平が数人の男たちと出て来た。

数人の男たちは、赤目一味の盗賊だ。

利平と数人の男たちは、目黒川沿いを太鼓橋に向かった。

左近は追った。


田畑の緑は微風に揺れ、月明かりに煌めいた。

木曾忍びは、七化おりょう、おさらばお玉、須走おとら、三毛猫おきょう、雲切おまちを誘って田畑の間の田舎道を進んだ。

房吉は、田畑の緑の中を追った。

木曾忍びは、田畑の間の田舎道を進み、金毘羅大権現の裏手に廻り込んだ。

女白浪たちは続いた。

金毘羅大権現の裏手には雑木林があり、奥に明かりの灯された古い百姓家《ひゃくしょうや》があった。

木曾忍びは、明かりの灯された古い百姓家の板戸を小さく叩いた。

板戸が中から開けられた。

木曾忍びは、女白浪たちを促した。

七化おりょう、須走おとら、おさらばお玉、三毛猫おきょう、雲切おまちは、古い百姓家に入った。
木曾忍びは、辺りを油断なく見廻し、不審がないと見定めて板戸を閉めた。
房吉は見届け、緊張を解いた。
夜風が吹き抜け、雑木林の梢を鳴らした。

盗賊赤目一味の利平たちは、目黒不動尊の山門前の料理屋にやって来た。
左近は見守った。
利平は、半纏の男が見張っている山門の陰に急いだ。
山門の陰には、半纏の男が背中を血に染めて斃れていた。
利平は眉をひそめ、配下の者たちを料理屋に走らせた。
木曾忍びの仕業……。
左近は睨み、房吉を捜した。
房吉はいなかった。
女白浪たちが動き、房吉は追った。
左近は読んだ。
料理屋から配下の者が駆け戻って来た。

「利平の親父さん……」

「どうした」

「五人揃って帰ったそうです」

配下の者は報せた。

「くそ。捜せ……」

利平は、腹立たしげに命じた。

配下の者たちは散った。

利平は、半纏の男の死体を背負って歩き出した。

左近は追った。


盗賊赤目の佐平次は、何故に目黒不動尊に現れたのか……。

偶々《たまたま》、目黒川沿い、下目黒に盗っ人宿である商人宿があったのか……。

左近は、半纏の男の死体を商人宿に運ぶ利平を追いながら読んだ。

利平は、半纏の男の死体を背負って古い商人宿に戻った。

左近は見届けた。

七化おりょう、須走おとら、おさらばお玉、三毛猫おきょう、雲切おまちたちは、掛軸の四枚の絵を読んで目黒不動尊にやって来た。そして、飛猿に用心棒として付けられた木曾忍びは、盗賊赤目一味の半纏を着た男を斃した。

分からないのは、やはり赤目の佐平次がどうして目黒不動尊に現れたのかだ。

左近は、想いを巡らせた。

何《いず》れにしろ、目黒不動尊のある下目黒か中目黒に掛軸の絵に描かれた寺があり、大盗浜島庄兵衛の残した金が隠されている。

その浜島庄兵衛の隠し金を巡り、女白浪と木曾忍び対盗賊赤目の佐平次一味の闘いは壮絶さを増すのだ。

さあて、どうなる……。

左近は、楽しげな笑みを浮かべた。

四

七化おりょう、須走おとら、おさらばお玉、三毛猫おきょう、雲切おまちたち白浪五人女は、金毘羅大権現裏の百姓家を根城にして掛軸の四枚の絵に描かれた双雲寺を探し始めた。

春の里の田畑と田舎道、その奥の桜の木と寺の屋根……。

夏の緑の木々に囲まれた石段と山門、双雲寺の本堂……。

秋の境内の古い供養塔と六地蔵……。

そして、冬の六地蔵……。

七化おりょうと雲切おまち、おさらばお玉と三毛猫おきょうは、それぞれが組になって中目黒と下目黒一帯の寺に双雲寺を探し、須走おとらは百姓家に残った。

房吉は見定め、目黒不動尊に急いだ。


目黒不動尊門前の茶店で左近は、茶を飲んでいた。

房吉は、左近の隣に腰掛けて茶を注文した。

「昨夜、赤目の見張りが木曾忍びに……」

房吉は囁いた。

「ええ。利平が死体を目黒川沿いにある商人宿に運びました」

左近は茶を飲んだ。

「目黒川沿いにある商人宿……」

房吉は眉をひそめた。

「おそらく赤目の盗っ人宿の一つ。して、女白浪たちは……」

「木曾忍びと金毘羅大権現裏の雑木林の奥にある百姓家に。で、今朝から中目黒と下目黒一帯の寺を廻っています」

「そうですか……」

「七化おりょうと雲切おまち、おさらばお玉と三毛猫おきょう。二手に分かれて探し歩いていますが、おそらく木曾忍びが秘かに見守っていますぜ」

「ええ。赤目の手下が女二人と思って下手な真似をすると、直ぐに息の根を止められるでしょう」

左近は苦笑した。

「ええ。で、百姓家には須走おとらが留守番と繋ぎ役で残っています」

「そうですか……」

雲水に化けていた木曾忍びは、左近に斃されて目黒川に流れ去った。

木曾忍びの小頭飛猿は、警戒を厳しくしている筈だ。

おそらく、須走おとらのいる百姓家も木曾忍びが見張っている。

「それにしても、赤目の佐平次、どうして目黒不動尊が分かったんですかね」

房吉は首を捻った。

「そいつはこれから訊いて来ますよ」

左近は笑った。

雑木林に囲まれた古い寺は、石段を上がった処に山門があり、扁額が掲げられていた。

扁額は古くて傷が付き、文字は薄れて読み難かった。

七化おりょうと雲切おまちは、読み難い扁額に眉をひそめた。

「そうれいじ……」

七化おりょうは、薄れた文字を辛うじて読んだ。

「双雲寺じゃありませんか……」

雲切おまちは訊いた。

「ええ。でも、境内に供養塔と六地蔵があるかどうか、確かめてみるよ」

おりょうは、石段を上がって山門を潜った。

おまちは続いた。

それ程、広くない境内には鐘楼《しょうろう》や塔などはあるが、供養塔や六地蔵はなかった。

「ありませんね……」

おまちは、吐息混じりに肩を落とした。

「雲切の、未だ探し始めたばかりだよ」

おりょうは苦笑した。


行商の泊まり客たちは、目黒川の流れで洗濯をしたり、飯の仕度をしていた。

「邪魔をする……」

左近は、古い小さな旅籠《はたご》の暖簾を潜った。

「いらっしゃいませ……」

中年の番頭は、帳場から出て来て鋭い眼差しで左近を迎えた。

帳場の奥や横手から殺気が溢れた。

昨日、一味の見張りが殺されて以来、手下たちを潜ませて警戒を厳しくしている。

「赤目の頭に左近が来たと報せてくれ」

左近は、中年の番頭を見据えた。

「左近さま……」

中年の番頭は、左近を見上げた。

左近は苦笑した。

「ああ……」

「良く来てくれましたね、左近の旦那……」

盗賊赤目の佐平次は、笑みを浮かべて左近を迎えた。

「うむ。橋場の宝光寺が木曾忍びに襲われて姿を消した後、目黒不動尊に現れたと聞いてな……」

「金を隠した浜島庄兵衛、目黒不動尊のある此の下目黒界隈に情婦《おんな》を囲っていたそうでしてね。噂じゃあ、此処で死んだのかもしれないとか……」

佐平次は苦笑した。

「それで、掛軸に描かれた絵の寺は、目黒不動尊界隈と読んだのか……」

「ええ。偶々、息の掛かった此の盗っ人宿もありましてね。それで……」

「成る程……」

左近は、赤目の佐平次が目黒不動尊に現れた理由を知った。

「そうしたら、女白浪たちが現れ、見張っていた手下が殺されましてね」

佐平次は苦笑した。

「木曾忍びか……」

「ええ。で、女白浪たちが姿を隠した」

「ほう……」

左近は惚けた。

「ですが、此の界隈にいるのは間違いありません。今、手下たちが捜していますが……」

佐平次は眉をひそめた。

「木曾忍びが潜んでいる限り、下手な真似は出来ないか……」

左近は読んだ。

「ええ……」

佐平次は、左近を見詰めて頷いた。

「どうするつもりだ……」

左近は、佐平次の出方を窺った。

「あっしたちもやられっぱなしでいる訳にはいられませんのでね……」

佐平次は、暗い陰険な眼をした。

「分かった……」

左近は頷いた。

「左近の旦那……」

佐平次は、嬉しげな笑みを浮かべた。

「浜島庄兵衛の隠し金を手に入れたら、幾らか貰う」

左近は、不敵な笑みを浮かべ、無明刀を手にして立ち上がった。


おさらばお玉と三毛猫おきょうは、中目黒にある寺を訪れた。

寺は里の田畑と田舎道、桜の木の向こうにあった。

掛け軸の絵の里と同じようだ。

お玉とおきょうは、寺の山門に向かった。

山門は石段の上にあった。

お玉とおきょうは、山門の扁額を見上げた。

扁額には『雲双寺』と描かれていた。

「似ているけど、双雲寺じゃあないね」

おきょうは眉をひそめた。

「ええ。でも、念の為、境内に六地蔵があるかどうか、見てみよう」

お玉は、山門を潜って境内に進んだ。

おきょうは続いた。


雲双寺の境内は狭かった。

「三毛猫の……」

お玉は、境内の隅の古い供養塔を示した。

「ええ。でも、六地蔵はないよ」

おきょうは眉をひそめた。

「ええ……」

お玉は頷き、境内を見廻した。

六地蔵は何処にもなかった。

「やっぱり、違うようだね」

お玉とおきょうは、境内から山門に戻った。

二人の男が山門の陰にいた。

「おさらばの……」

おきょうは、山門の陰にいる二人の男に気が付いて立ち止まった。

「ええ。赤目の手下……」

お玉は、帯の後ろに仕込んだ匕首《あいくち》を握った。

二人の男が山門の陰から現れた。

「何を探しているんだい……」

二人の男は、お玉とおきょうに笑い掛けた。

「お前たちに拘わりないよ」

お玉は嘲りを浮かべた。

「そいつが、そうでもないんだな……」

二人の男は、お玉とおきょうを捕まえようとした。

刹那、菅笠《すげがさ》を被った百姓が現れ、二人の男に鎌を閃かせた。

二人の男は、匕首を抜く間もなく喉元を搔き切られ、血を振り撒《ま》いて斃れた。

菅笠を被った百姓は消えた。

木曾忍び……。

お玉とおきょうは、木曾忍びの凄まじさに言葉もなく立ち尽くした。

金毘羅大権現に参拝客は少なかった。

左近は、金毘羅大権現の裏に廻った。
房吉の云った通り、裏手には雑木林があって奥に百姓家が見えた。
あの百姓家か……。
左近は、雑木林に殺気を放った。
雑木林の梢が鳴り、人の気配が揺れた。
木曾忍びが結界を張っている……。
左近は苦笑し、踵を返した。
木曾忍びは追って来る。
左近は、田畑の田舎道を進んで振り返った。
次の瞬間、田畑の緑の中から手裏剣が飛来した。
左近は、跳んで手裏剣を躱し、田畑の緑に潜む木曾忍びを見定めた。
木曾忍びは二人……。
左近は、着地を狙って飛来した手裏剣を無明刀で打ち払った。
刹那、二人の木曾忍びは、忍び刀を抜いて左近に襲い掛かった。
左近は、無明刀を一閃した。
閃きが走り、血が飛んだ。

木曾忍びの一人は、太股《ふともも》を斬り裂かれて倒れた。

残る木曾忍びは、大きく跳び退いた。

左近は、跳び退いた木曾忍びを冷ややかに一瞥して無明刀を一振りした。

鋒《きつさき》から血の雫《しずく》が飛んだ。

左近は、無明刀を鞘に納めて田舎道を立ち去った。

木曾忍びは、怯えた眼で去って行く左近を見送った。


「おのれ、赤目の佐平次……」

木曾忍びの小頭飛猿は、配下を斃されて苛立ちを過《よ》ぎらせた。

盗賊赤目の佐平次一味は、既に目黒不動尊付近に潜んで女白浪たちの動きを見張っているのだ。

今度こそ赤目の佐平次の息の根を止める……。

「容赦は無用。赤目一味の盗賊の者共、見付け次第討ち果たせ」

飛猿は、配下の木曾忍びに命じた。

木曾忍びの者たちは頷き、目黒不動尊のある下目黒、中目黒一帯に散った。

「鬼火《おにび》……」

「何か……」

暗がりに老忍びが現れた。

「配下の者共を斃しているのは、得体の知れぬはぐれ忍び。居所を突き止めろ」

飛猿は、老忍びの鬼火に命じた。

「小頭、突き止めてどうする……」

鬼火は訊き返した。

「無理はするな」

飛猿は苦笑した。

「その侮りが命取りになるかも……」

鬼火は、飛猿を見詰めた。

「成る程。だが、鬼火、此からの俺の為にも命を粗末にするな」

飛猿は告げた。

「飛猿、おぬしの行く末を見届けぬ内に滅びはしない」

鬼火は笑った。

木曾忍びの者たちは、百姓、雲水、参拝客などに扮し、目黒不動尊を中心に下目黒や中目黒に赤目の佐平次一味の盗賊を捜した。

赤目の佐平次は、一味の者共に女白浪の隠れ家とその動きを探らせた。

だが、女白浪の動きを探っていた者は、喉元を掻き斬られて死体で発見された。

佐平次は、木曾忍びの仕業と睨み、怒りに燃えた。


七化おりょうと雲切おまちは、中目黒の祐天寺近くの里にやって来た。

里は田畑と田舎道があり、桜の木々があって奥に寺の屋根が見えた。

「雲切の……」

おりょうは寺の屋根を眺めながら、おまちを呼び止めた。

「ええ。掛軸の絵と同じ景色ですね」

おまちは、おりょうの視線の先を追った。

「行ってみましょう」

おりょうとおまちは、桜の木々の奥の寺に向かった。

寺の山門は石段の上にあり、『双雲寺』と書かれた古い扁額が掲げられていた。

「七化の、掛軸の絵と同じお寺だね」

おまちは、顔を輝かせた。

「ああ。双雲寺だよ」

おりょうは頷き、双雲寺の境内に急いだ。

おまちは続いた。


双雲寺の境内は広く、本堂、庫裏、五重塔、鐘楼などがあった。

おりょうとおまちは、境内を見廻した。

境内の外れに古い供養塔があった。

おりょうとおまちは、古い供養塔に急いだ。

古い供養塔は雑木林を背にし、近くに様々な大きさの六地蔵があった。

「七化の……」

おまちは、声を弾ませた。

「ええ。掛軸の絵と同じだよ」

おりょうは、古い供養塔と六地蔵を眺めた。

「やっぱりあったんだね」

おまちは、嬉しさに声を上擦《うわず》らせた。

「ええ。此の六地蔵の何処かに浜島庄兵衛の金が隠されているんだよ」

おりょうは、大小様々な六地蔵を見据えた。

六地蔵は苔生《こけむ》し、斜めに倒れかけているものもあった。

「此の何処かにお金が隠されている……」

おまちは、六地蔵を見詰めて上擦った声を震わせた。

「じゃあ雲切の、みんなに報せに戻るよ」

「はい……」

おまちは、山門に戻るおりょうに続いた。


おりょうとおまちは、双雲寺の山門を出て石段を下りようとした。

山門の陰から半纏を着た二人の男が現れ、おりょうとおまちに襲い掛かって匕首を突き付けた。

「浜島庄兵衛の隠し金、此の寺か……」

半纏を着た二人の男は、赤目の佐平次一味の盗賊だった。

「離せ……」

おりょうとおまちは抗った。

半纏を着た二人の男は、おりょうとおまちを突き飛ばした。

おりょうとおまちは、石段の下に倒れた。

「此処と分かれば、もう用はねえ……」

半纏を着た二人の男は、嘲笑を浮かべて匕首を構えた。

刹那、手裏剣が続け様に飛来し、半纏を着た二人の男の額に突き刺さった。

半纏を着た二人の男は、額に手裏剣を受け呆然とした面持ちで斃れた。

「七化の……」

おまちは、嗄《しやが》れ声を引き攣《つ》らせた。

「ああ。木曾忍びだ。行くよ……」

おりょうとおまちは、足早に金毘羅大権現裏の百姓家に向かった。

田畑の緑から二人の百姓が現れ、半纏を着た二人の男の死体を片付け始めた。

金毘羅大権現裏の雑木林には、木曾忍びの結界が張られていた。

左近は見守った。

おさらばお玉と三毛猫おきょうは、半刻《はんとき》(一時間)程前に重い足取りで戻って来た。

探し物は見付からなかった……。
左近は読んだ。
七化おりょうと雲切おまちが、田舎道を軽い足取りで戻って来た。
どうやら見付けたようだ……。
左近は睨み、笑った。
田畑を吹き抜ける微風は、左近の鬢の解れ髪を揺らした。

第四話　六地蔵

一

雑木林に差し込む夕陽は、奥の古い百姓家を照らした。

囲炉裏の火は燃えた。

「そうかい、見付かったかい……」

須走おとらは、皺の深い顔を綻《ほころ》ばせた。

「ええ。祐天寺の近くにあったよ。双雲寺……」

七化おりょうは、喉を鳴らして茶を飲んだ。

「古い供養塔に六地蔵、掛け軸の絵に描かれた通りでしたよ」

雲切おまちは、声を弾ませた。

「そいつは良かったけど、赤目の佐平次一味の奴らは大丈夫だろうね」

おさらばお玉は心配した。

「そいつが二人現れたんだけど、木曾忍びが始末してくれたよ」

おりょうは告げた。

「木曾忍びが……」

三毛猫おきょうは眉をひそめた。

「ええ……」

おりょうは頷いた。

「須走の。木曾忍びの飛猿とは、どんな約束になっているんだい」

三毛猫おきょうは尋ねた。

「浜島庄兵衛の隠し金の六分の一。邪魔をする赤目の奴らを始末して金を運ぶ、安い買物だよ……」

おとらは、狡猾な笑みを浮かべた。

「そりゃあまあ、そうですけど、本当に六分の一で済みますかね」

おきょうは眉をひそめた。

「済まない時は、須走の分を皆で分けるさ」

おりょうは笑った。

「ああ。好きにするんだね」

おとらは苦笑した。

「よし。決まった。で、浜島庄兵衛の金、いつ探しに行くんだい」

お玉は尋ねた。

「そりゃあ、早い方が良いさ……」

七化おりょうは、囲炉裏に小枝を折って焼《く》べた。

囲炉裏の火は爆《は》ぜ、火の粉が飛び散った。


中目黒の田畑と雑木林は、大禍時《おおまがとき》の薄暗さに覆われた。

木曾忍びの結界は張られたままだ。

赤目の佐平次一味の盗賊共が襲撃したところで、容赦なく返り討ちにされるだけだ。

左近は、目黒不動尊の門前町に向かった。

目黒不動尊の門前町の盛り場は、僅かな飲み屋の連なりだが賑わっていた。

左近は、盛り場の僅かな飲み屋の連なりを進んだ。
誰かが見ている……。
左近は、何者かの視線を感じた。
木曾忍び……。
左近は読んだ。
だが、飛猿ではない……。
左近は、不意に殺気を放った。
次の瞬間、見詰める視線は消えた。
左近は佇んだ。
視線は消えたままだった。
勘付かれたと気が付き、潔く尾行を諦めたのだ。
退く時は退く。
手練れだ……。
左近は、見詰めていた木曾忍びに余裕を感じた。
小さな一膳飯屋は飲み屋の連なりの外れにあり、虫の音《ね》に覆われていた。

左近は、辺りに不審がないのを見定めて一膳飯屋に入った。

狭い店内では、房吉が飯を食べながら僅かな酒を飲んでいた。

「左近さん……」

「やあ。酒を頼む」

左近は、老店主に酒を頼んで房吉の隣に座った。

「今日も赤目の佐平次一味の何人かが消えたようですぜ」

房吉は、報せながら左近に酌をした。

「そうですか……」

「ええ。女白浪を尾行廻《つけまわ》していていなくなった。木曾忍びの仕業ですか……」

房吉は読んだ。

「きっと……」

「おまちどお」

老店主は、左近に湯呑茶碗に満たした酒を出した。

「して、七化おりょうと雲切おまち、六地蔵のある寺を見付けたようです」

左近は酒を飲んだ。

「何処です……」

房吉は、酒の入った湯呑茶碗を口元で止めた。

「祐天寺の近くの里だそうです」

「祐天寺。そうですか、で、女白浪、どう動きますかね」

「赤目の佐平次に気が付かれる前に探し出して、何処かに運び出す」

「ですが、浜島庄兵衛の残した金、少なくて千両だとしてもかなりの重さです。女五人で探し出して運ぶのは、手間暇掛かってかなり面倒ですね」

房吉は眉をひそめた。

「木曾忍びを使うのでしょう」

左近は読んだ。

「木曾忍び……」

「ええ。幾らかの金を払って……」

「成る程。でしたら、一万両でも造作はないでしょう」

房吉は苦笑した。

「だが、絵図通りに事が運ぶかどうか……」

左近は眉をひそめた。

「赤目の佐平次ですか……」

「勿論、それもありますが……」

左近は苦笑した。

「木曾忍びも……」

「ええ。それに……」

左近は酒を飲んだ。

「それに……」

房吉は、左近を一瞥した。

「金は人を血迷わせ、狂わせる……」

左近は、厳しい面持ちで告げた。

「左近さん……」

房吉は、戸惑いを浮かべた。

「房吉さん、此からは何があっても不思議はありませんよ」

左近は、不敵な笑みを浮かべた。

夜は更け、虫の音は幾重にも響き渡った。

「浜島庄兵衛の残した金の在処、分かったそうだな」

座敷の暗がりから飛猿の声がした。

囲炉裏端にいた須走おとら、七化おりょう、おさらばお玉、三毛猫おきょう、雲切おまちは声のした座敷の暗がりを見詰めた。

木曾忍びの飛猿は、座敷の暗がりに滲むように現れた。

「ああ。漸《ようや》くな……」

須走おとらは頷いた。

「して、どうする……」

飛猿は、出方を訊いた。

「早々に探し出して運び出す」

七化おりょうは告げた。

「うむ。手立ては……」

「それはこれからでしてね。何か良い手立てはありますか……」

おさらばお玉は科を作った。

「金が幾らあるかによってだ……」

飛猿は眉をひそめた。

「そうだよ。先ずはお金が幾らあるかですよ」

三毛猫おきょうは笑った。

「ええ。そいつを見定めなきゃあ……」

雲切おまちは頷いた。

「それから、如何に赤目の佐平次に気が付かれずに事を運ぶかだよ」

おとらは眉をひそめた。

「そいつは飛猿さん、宜《よろ》しくお願いしますよ」

おりょうは、艶然《えんぜん》と微笑んだ。

「うむ。赤目の一味、金を探し出し、運び出す前に始末するのが上策……」

飛猿は、冷笑を浮かべた。


「お頭……」

赤目一味の若い手下は、緊張した面持ちで酒を飲んでいる佐平次の許に来た。

「何だ……」

「はい。土間に投げ込まれていたそうです」

若い手下は、佐平次に結び文を差し出した。

佐平次は受け取り、結び文を解いて読んだ。

「利平を呼んでくれ」

佐平次は命じた。

「はい……」

若い手下は立ち去った。

佐平次は、嘲りを浮かべた。

「お頭……」

利平が入って来た。

「おう。来たかい……」

「ええ。何か……」

「此を見な……」

佐平次は、利平に結び文を差し出した。

利平は、受け取って読み、狡猾な笑みを浮かべた。

「それじゃあ、お頭……」

「ああ。急いで仕度をしな」

佐平次は命じた。

夜明けが近付いた。

金毘羅大権現裏の雑木林から百姓女たちが現れた。

五人の百姓女は、鍬《くわ》や鋤《すき》などを入れた竹籠を背負って田舎道を西に向かった。

須走おとら、七化おりょう、おさらばお玉、三毛猫おきょう、雲切おまちは、百姓女に扮して西にある祐天寺に急いだ。

雑木林から四人の百姓が現れ、五人の女白浪を護るように続いた。

木曾忍びだ……。

左近は田畑の緑の中から見定め、五人の女白浪と木曾忍びたちを追った。


目黒川には川霧が漂った。

古い商人宿は、夜明け前に出立する泊まり客もいなく、雨戸を閉めていた。

房吉は、目黒川の畔の物陰に潜んでいた。

川霧が揺れた。

房吉は息を潜めた。

揺れた川霧から数人の木曾忍びが現れ、古い商人宿に忍び寄った。

木曾忍び……。
房吉は、息を潜めて見守った。
木曾忍びは、古い商人宿の雨戸を抉《こ》じ開けて次々に忍び込んだ。
房吉は、潜めていた息を吐いた。
古い商人宿から悲鳴が上がった。
木曾忍びによる、盗賊赤目の佐平次一味に対する殺戮《さつりく》が始まった。
房吉は、喉を大きく鳴らした。
次の瞬間、古い商人宿から木曾忍びたちが出て来た。
どうした……。
房吉は眉をひそめた。
木曾忍びたちは狼狽《うろた》えていた。
「おのれ、佐平次。逃げたか……」
「俺たちが捜す。此の事を早く小頭に……」
木曾忍びたちは二手に分かれた。
房吉は息を潜めた。
盗賊赤目の佐平次は、既に古い商人宿から姿を消していた。

それは、女白浪たちが浜島庄兵衛の残した金を隠した寺を突き止めたからか……。

もし、そうだとしたなら、佐平次はどうしてそれを知ったのだ。

房吉は、戸惑いを覚えた。

川霧は薄れ始めた。

双雲寺は寝静まっていた。

須走おとら、七化おりょう、おさらばお玉、三毛猫おきょう、雲切おまちは、百姓女に形を変えて双雲寺境内に進んだ。

左近は、双雲寺の本堂の屋根に跳び、身を伏せて忍んだ。

五人の女白浪は、境内の外れにある六地蔵の前に集まった。

苔生《む》した大小様々な六地蔵は、土の盛られた台座に不揃いに並んでいた。

「此の六地蔵か……」

おとらは喉を鳴らした。

「ああ。浜島庄兵衛、此の六地蔵の何処かに金を隠しているんだよ」

おりょうは、六地蔵を見詰めた。

お玉、おきょう、おまちは、六地蔵の周囲を見廻した。

木曾の飛猿が現れた。

「どうだ……」

「これからだ。寺の者は……」

おとらは尋ねた。

「深い眠りの淵に沈めた……」

飛猿は、双雲寺に忍び込んで眠っていた住職と寺男の首を絞め、深い眠りの淵に沈めていた。

「そうか、じゃあ……」

おとらは、竹籠から手槍を出して六地蔵の土の台座に突き刺し、力を込めて押し込んだ。

手槍は、台座の土中に三尺程の深さに押し込まれた。

「どうだい……」

おりょうは尋ねた。

「何かが埋まっている手応えはないね」

おとらは、手槍を引き抜いた。

お玉、おきょう、おまちたちも手槍を六地蔵の間の土中に次々と突き刺し、三尺程の深さに押し込んだ。

誰の手槍にも手応えはなかった。

「手応え、ないよ……」

おまちは眉をひそめた。

「もっと範囲を広げて、詳しく調べるんだよ」

おりょうは命じた。

五人の女白浪は、六地蔵の間と周囲に手槍を突き刺し、土中を探った。

飛猿は、指を鳴らした。

数人の木曾忍びが現れた。

「六地蔵を退かし、台座を掘ってみろ」

飛猿は命じた。

木曾忍びは頷き、高さ一尺五寸から二尺程の不揃いの六地蔵を退かし、台座の土中を掘り始めた。

須走おとら、七化おりょう、おさらばお玉、三毛猫おきょう、雲切おまち、そして飛猿は見守った。

木曾忍びは、六地蔵の並んでいた台座の下を掘った。

左近は、己の気配を消して本堂の屋根の上に忍び、見守った。

木曾忍びは、六地蔵のあった台座の下を掘り続け、穴は三尺の深さになった。

だが、土中から金目の物が出て来る事はなかった。

「よし、そこ迄だ……」

飛猿は、配下の木曾忍びを止めた。

須走おとら、七化おりょう、おさらばお玉、三毛猫おきょう、雲切おまちは、言葉もなく木曾忍びの掘った穴を見詰めた。

静寂が冷ややかに漂った。

「此処だよ。此処にあるんだよ……」

須走おとらは、穴に跳び下りて両手で激しく底を掘り出した。

「須走の……」

おりょうは眉をひそめた。

「七化の、みんな。四つの掛軸の絵に描かれた浜島庄兵衛の隠した金は、此処にあるんだ。あるのに決まっているんだよ」

おとらは、白髪混じりの髪を振り乱して穴を掘った。

「おとらさん、休みな。代わるよ……」

七化おりょうと雲切おまちは、おとらに代わって鍬や鋤で穴を掘った。そして、おさらばお玉と三毛猫おきょうも交代で穴を掘った。

夜が明け、陽が昇った。

穴の深さは五尺を過ぎたが、何も埋まってはいなかった。

「此迄だな……」

飛猿は見極めた。

おとらは、呆然とした面持ちで座り込んだ。

「ええ……」

おりょう、お玉、おきょう、おまちは、言葉もなく疲れたように鍬や鋤を置いた。

「みんな。浜島庄兵衛の残した金が此の双雲寺に隠されているなら、寺に潜んで詳しく探すべきだろう」

飛猿は告げた。

「飛猿さん……」

おとらは、その眼に安堵を浮かべた。

「さあ、庫裏で少し休め……」

飛猿は、小さな笑みを浮かべた。

「ええ……」

おとらたち女白浪は頷き、庫裏に向かった。

「結界を厳しくな……」

飛猿は、配下の忍びに命じた。

配下の忍びは散った。

「お頭……」

老忍びの鬼火が現れた。

「どうした……」

「赤目の佐平次、商人宿から姿を消していましてね。何処を捜してもいないそうです」

鬼火は告げた。

「おのれ。はぐれ忍びか……」

「おそらく……」

「既に此の双雲寺の近くに……」

鬼火は、嘲笑を浮かべた。

「よし……」

飛猿は、鬼火と共に庫裏に向かった。

左近は見送った。

後には、掘られた穴と退かされた不揃いの六地蔵が残された。

祐天寺の境内の隅には、赤目の佐平次と手下や用心棒の浪人たちが集まった。

「お頭……」

利平が駆け寄って来た。

「どうだ。おとらたち、金を見付けたか……」

佐平次は訊いた。

「そいつが、未だのようです」

「未だ……」

佐平次は眉をひそめた。

「ええ。六地蔵の下を掘りましたが、何も出なかったようでして、須走おとらや七化おりょうたち、木曾忍びと退き上げたようですぜ」

「よし。じゃあ、ちょいと覗いて来るぜ」

佐平次は、利平を残し、僅かな手下と用心棒の浪人を従えて祐天寺の境内を出た。

双雲寺の境内には、小鳥の囀《さえず》りが飛び交っていた。

左近は、双雲寺の屋根に忍んで五人の女白浪と飛猿の動きを見張った。

五人の女白浪と飛猿は、庫裏から出て来る事はなかった。

山門に人影が現れた。

赤目の佐平次と一味の盗賊共だった。

来たか……。

左近は、小さな笑みを浮かべた。

不意に小鳥の囀りが消え、殺気が湧いた。

小鳥の囀りに代わって境内に満ちた殺気は、結界を張っている木曾忍びのものだった。

二

左近は本堂の屋根に伏せ、赤目の佐平次と手下や用心棒の浪人たちを見守った。
赤目の佐平次と手下や用心棒の浪人たちは、境内の隅の古い供養塔に急いだ。
刹那、境内の四方から手裏剣が放たれた。
手裏剣は、古い供養塔に急ぐ佐平次と手下や用心棒の浪人たちに飛んだ。
手裏剣は煌めきとなり、盗賊の手下や用心棒の浪人の五体に突き刺さった。
手下や用心棒の浪人は、次々に倒れた。
赤目の佐平次は驚き、焦った。
左近は見守った。
結界を張っていた木曾忍びが四方から現れ、佐平次と手下や用心棒の浪人に殺到した。
手下や用心棒の浪人は、佐平次を囲んで刀や長脇差を構えた。

木曾忍びは、忍び刀や苦無を煌めかせた。
盗賊の手下や用心棒の食い詰め浪人など、忍びの者の敵ではなかった。
木曾忍びに容赦はない。
手下や用心棒の浪人は次々に斃された。
赤目の佐平次は、顔を恐怖に引き攣らせて逃げ惑った。
木曾の飛猿が現れた。
「赤目の佐平次、此迄《これまで》だな……」
飛猿は、佐平次に嘲りを浴びせながら辺りを窺った。

俺が現れるのを待っている……。
左近は気付いた。
飛猿は、佐平次を餌にして俺を引き摺り出す魂胆《こんたん》なのだ。
さあて、どうする……。
左近は苦笑し、見守った。
「わ、分かった。浜島庄兵衛のお頭の隠し金から手を引く……」

佐平次は、恐怖に声を引き攣らせた。

「手を引くだと……」

「ああ……」

「ならば、今迄の帳尻を合わせてもらおうか……」

飛猿は苦無を放った。

苦無は、佐平次の頬の肉を削《そ》いで血を飛ばした。

佐平次は、恐怖に衝き上げられて山門に向かって逃げた。

飛猿は嘲笑し、指を鳴らした。

木曾忍びたちは、一斉に手裏剣を投げた。

幾つもの手裏剣が、逃げる佐平次の後ろ姿に吸い込まれた。

佐平次は、大きく仰け反り、棒のように倒れた。

木曾忍びたちが駆け寄り、倒れた佐平次の生死を検めた。

佐平次は絶命していた。

木曾忍びは見定めた。

はぐれ忍びは現れなかった……。

飛猿は、冷笑を浮かべて辺りを見廻し、佐平次たちの死体を片付けるように命じた。

左近は、本堂の屋根の上から見届けた。

盗賊赤目の佐平次は滅びた。

木曾忍びたちは、佐平次たち盗賊の死体を片付け始めた。


庫裏の囲炉裏端には、須走おとらと七化おりょうがおり、おさらばお玉、三毛猫おきょう、雲切おまちは窓から木曾忍びと盗賊赤目の佐平次一味の殺し合いを見届けた。

「佐平次、嬲《なぶ》り殺しにされたよ」

お玉は、囲炉裏端のおとらとおりょうに冷ややかに報せた。

「所詮、盗っ人。忍びに敵う筈はないよ」

おりょうは苦笑した。

「ええ。此で横取りしようとしていた汚い佐平次は消えた。めでたいねえ」

お玉は笑った。

「七化の、おさらばの。赤目よりも浜島庄兵衛の隠し金ですよ。そいつが見付からない限り、めでたかないですよ」

雲切おまちは、不満を露わにした。

「ええ。お寺の何処にもお金は隠されていないようだし。双雲寺でも別の双雲寺だったのかもしれないねえ」

三毛猫おきょうは眉をひそめた。

「違う。此処だよ。浜島庄兵衛が金を隠した双雲寺は此処に間違いないんだよ」

おとらは、囲炉裏に燃える火を見詰め、自分に云い聞かせるように云った。

「でも、此の寺の六地蔵にはなかったんだよ」

おきょうは、腹立たしげに云い放った。

おとらは、悔しげに立ち上がって奥に入って行った。

「私たちのやって来た事は、無駄骨だったんですかねえ……」

おまちは、自嘲の笑みを浮かべた。

「雲切の、不服なら手を引いても良いんだよ。三毛猫もね……」

おりょうは、おまちとおきょうを見据えて笑った。

「そうはいかないよ……」

おきょうは苦笑した。

気まずい雰囲気が湧いた。

「須走、どうしたんだろうね。ちょいと見てくるよ」

お玉は、奥に入って行った。

おりょう、おきょう、おまちは見送った。

庫裏には白々しさが満ちた。


飛猿たち木曾忍びは、盗賊赤目の佐平次一味の者たちの死体を片付けた。

左近は、本堂の屋根の上から見守った。

飛猿は、双雲寺の庫裏に向かい、配下の木曾忍びは持ち場の結界に戻った。

双雲寺の境内には、何事もなかったかのように小鳥の囀りが飛び交い始めた。

左近は、双雲寺の周囲を見廻した。

双雲寺山門前の田畑に百姓が現れ、野良仕事を始めた。

菅笠を被った百姓は、野良仕事をしながら双雲寺を窺った。

房吉……。

左近は、菅笠を被った百姓を房吉だと気が付いた。

よし……。

左近は、本堂の屋根を下りて双雲寺の横手の土塀に走った。

忍びの者の結界は、侵入者に対して厳しくて出て行く者に緩い。

左近は、横手の土塀に走り、結界を張っている木曾忍びの向こう側に小石を投げた。

小石は、木曾忍びの向こうに落ちて小さな音を立てた。

木曾忍びは、小さな音のした方に跳んだ。

左近は、その隙を突いて素早く土塀を越えて双雲寺を出た。

左近は、双雲寺の土塀を越えて田畑の緑に潜んだ。

結界を張る木曾忍びは、気が付かなかった。

左近は、田畑の緑の中を房吉のほうに進んだ。そして、木立の陰に忍び、房吉に合図を送った。

房吉は、左近に気が付き、野良仕事をしながら木立に近寄った。

「左近さん、浜島庄兵衛の隠し金、ありましたか……」

房吉は訊いた。

「未だです……」

「未だ……」

房吉は眉をひそめた。

「ええ。金の隠し場所には、どうやら細工がしてあるようです」

「細工ですか……」

「ええ。それから赤目の佐平次と一味の者共、皆殺しになりました」

「皆殺し……」

「ええ……」

「じゃあ、赤目一味で残っているのは利平ぐらいですか……」

房吉は読んだ。

「利平ですか……」

左近は、老盗賊の皺の深い顔を思い出した。

「ええ。何か……」

「赤目の佐平次、余りにも不用意に双雲寺に踏み込んで来た……」

左近は読んだ。

「不用意に……」

「ええ。ひょっとしたら……」

左近は眉をひそめた。

「左近さん……」

「房吉さん、利平から眼を離さないで下さい」

左近は頼んだ。


おさらばお玉は、庫裏に戻って来た。

庫裏には、七化おりょう、三毛猫おきょう、雲切おまち、そして飛猿がいた。

「あら、須走は……」

お玉は尋ねた。

「おさらばの、お前さんが捜しに行ったんだろう」

おりょうは、戸惑いを浮かべた。

「それが、何処にもいないので、行き違ったと思って……」

お玉は、困惑を浮かべた。

「須走がいなくなったのか……」

飛猿は眉をひそめた。

「ええ……」

お玉は頷いた。

「須走、逃げたんじゃあ……」

おまちは読んだ。

「お金を見付けずにかい……」

おきょうは首を捻った。

「逃げれば我らの結界に引っ掛かる」

飛猿は告げた。

「じゃあ、此の双雲寺の何処かにいるんだね」

おりょうは眉をひそめた。

「よし。みんなは此処にいろ。捜して来る」

飛猿は、庫裏から出て行った。

「どうしたんだろう、須走の……」

おきょうは心配した。

「須走の、お金が見付からないので、おかしくなっちまったんじゃあないのかい」

おまちは笑った。

「最後のお勤め。分け前を貰って隠居すると云っていたからねえ」

お玉は、吐息混じりに告げた。

「おさらばの……」

おりょうは、哀しげな笑みを浮かべた。

庫裏の板戸を開け、木曾忍びが顔を見せた。

「小頭がお呼びだ……」

木曾忍びは、何故か結界を離れていた。

左近は、素早く土塀を跳び越えて再び本堂の屋根に忍んだ。

木曾忍びはどうして結界を離れたのだ……。

左近は、境内を窺った。

境内の隅、古い供養塔の近くに掘られた穴に、飛猿が配下の木曾忍びと須走おとらを横たわらせた。

何をしている……。

左近は眉をひそめた。

おさらばお玉、七化おりょう、三毛猫おきょう、雲切おまちが、木曾忍びと共に庫裏から駆け出して来た。

左近は見守った。

須走おとらは、六地蔵の下を掘った穴に横たわっていた。

飛猿は、横たわったおとらの身体を検めていた。

おさらばお玉、七化おりょう、三毛猫おきょう、雲切おまちが穴の縁を囲んだ。

「須走の……」

おりょうは、嗄れ声を引き攣らせた。

お玉、おきょう、おまちは、強張《こわば》った面持ちで見下ろした。

「此処で死んでいた。死体を検めた限り、傷もなければ、絞め殺された痕《あと》もない……」

飛猿は告げた。

「じゃあ……」

「穴を掘っていて、心《しん》の臓《ぞう》の発作にでも襲われたのかもしれぬ……」

飛猿は、おとらの泥に汚れた両手を見せた。

「須走の……」

おりょうは哀れんだ。

お玉は、静かに手を合わせた。

おきょうは、啜り泣いた。

「須走らしい死に様だよ……」

おまちは悔しげに告げた。

「飛猿さん、須走おとらさん、出来るものなら此処に、此のまま葬ってやってくれませんか……」

お玉は頼んだ。

「此処に……」

飛猿はおりょう、おきょう、おまちを見た。

おりょう、おきょう、おまちは頷いた。

「分かった。良いだろう……」

飛猿は穴から上がり、穴の底に横たわっている須走おとらに土を被せた。

お玉、おりょう、おきょう、おまちは、須走おとらを葬った。


女白浪の須走おとらは滅びた。

左近の見た限り、おとらの死体は木曾忍びと飛猿によって穴に入れられた。

飛猿の話とは違う……。

左近は眉をひそめた。

目黒川沿いの古い商人宿は、泊まり客も少なく閑散としていた。

房吉は、川沿いの茂みに潜んで古い商人宿を窺った。

老盗賊の利平は、日溜りに置かれた縁台に腰掛けて居眠りをしていた。

そこには、戻って来ない頭の赤目の佐平次たちを案じている様子はなかった。

何故だ……。

房吉は、微かな戸惑いを覚えた。


六地蔵でないなら古い供養塔か……。

七化おりょう、おさらばお玉、三毛猫おきょう、雲切おまちは、古い供養塔の周辺を調べた。

だが、古い供養塔とその周辺には、浜島庄兵衛が金を隠した痕跡はなかった。

「残るは供養塔の下か……」

飛猿は眉をひそめた。

「ええ……」

七化おりょうは頷いた。

「掘るか……」

「それしかないだろう」

雲切おまちは、苛立たしげに鋤で供養塔の土台の傍を掘り出した。

おりょう、お玉、おきょうは、おまちに続いて供養塔の周囲を掘り始めた。

「分かった。我らが掘ろう……」

飛猿は、配下の木曾忍びを促した。

木曾忍びたちは、おまちたちに代わって供養塔の周囲を掘り始めた。

左近は、本堂の屋根に忍んで見守った。

おりょう、お玉、おきょう、おまちは、木曾忍びが掘る古い供養塔の周囲を見詰めていた。

六地蔵の次は古い供養塔……。

左近は苦笑した。

六地蔵のあった場所には、須走おとらが葬られて六地蔵が並べ直されていた。

何度か動かされた六地蔵は、苔も剥《は》がれて石が剥き出しになっていた。

木曾忍びたちは、供養塔の周囲を掘り下げていった。

おりょう、お玉、おきょう、おまち、飛猿は見守った。

しかし、古い供養塔の下から現れる物は何もなかった。


古い供養塔の下にも浜島庄兵衛の残した金は隠されていなかった。

囲炉裏の火は燃えた。

七化おりょう、おさらばお玉、三毛猫おきょう、雲切おまちは、疲れた様に揺れる炎を見詰めていた。

「やっぱり、此の双雲寺じゃあないのかもしれないね」

七化おりょうは、吐息混じりに告げた。

「七化もそう思うかい……」

おさらばお玉は苦笑した。

「ええ。これだけ探してもないんだからね」

おりょうは頷いた。

「じゃあ、供養塔と六地蔵のある双雲寺、他にあるって云うのかい……」

三毛猫おきょうは眉をひそめた。

「ええ。違うかしら……」

おりょうは頷いた。

「じゃあ、双雲寺探しから遣り直すって云うのかい……」

雲切おまちは、腹立たしげに訊いた。

「ええ。それしかないよ」

お玉は頷いた。

「遣り直すなんて、冗談じゃあない。私は下りる。もう手を引くよ」

おまちは云い放った。

「雲切の……」

お玉は眉をひそめた。

「浜島庄兵衛の隠し金なんて、もうどうでもいい。私は帰るよ」

おまちは立ち上がった。

「じゃあ、私も帰るよ」

おりょうは云った。

「七化の……」

お玉は驚いた。

「おさらばの、一度頭を冷やして遣り直した方が良いかもしれないよ」

おりょうは苦笑した。

「どうする、三毛猫の……」

お玉は、おきょうを見詰めた。

「そうね。それも良いかもね……」

おきょうは微笑んだ。

囲炉裏の火は衰え始めた。


「そうか。一度、手を引くか……」

木曾忍びの小頭飛猿は眉をひそめた。

「ええ。約束の分け前が渡せなくてすまないけど……」

七化おりょうは、飛猿に詫びた。

「いや。我らの役目は、抜け忍の天竜の五郎の始末と木曾忍びの矜持《きようじ》を保つ事。おぬしたちに力添えをしたのは、盗賊赤目の佐平次に思い知らせる為だ。浜島庄兵衛の隠し金の分け前など、最初からあてにはしておらぬ……」

飛猿は苦笑した。

「じゃあ……」

「うむ。我らも木曾谷に帰る……」

飛猿は、笑みを浮かべて告げた。


七化おりょう、おさらばお玉、三毛猫おきょう、雲切おまちは、飛猿たち木曾忍びと別れ、目黒川に架かっている太鼓橋に差し掛かった。

「さあて、私は此処で別れるよ」

七化おりょうは、太鼓橋の袂に佇んだ。

「そうかい。じゃあ私は真っ直ぐ行くよ」

三毛猫おきょうは告げた。

「三毛猫の、私も一緒に行くよ」

雲切おまちは笑った。

「じゃあ、私は渋谷に抜けるよ」

おさらばお玉は、西に続く田舎道を示した。

「そうかい。じゃあ、みんな達者でね」

おりょうは笑った。

お玉、おきょう、おまちは、それぞれの道を進んで行った。

おりょうは見送った。

下目黒の田畑の緑は風に揺れた。

三

双雲寺から人気《ひとけ》は消えた。

左近は、本堂の屋根に忍んだままだった。

七化おりょう、おさらばお玉、三毛猫おきょう、雲切おまちの女白浪と飛猿たち木曾忍びは、浜島庄兵衛の隠し金を見付けられぬまま双雲寺から立ち去った。

左近は見送った。

小鳥の囀りが満ち、半刻が過ぎた。

何も起こらず、戻って来る者もいなかった。

左近は、本堂の屋根から跳び下り、境内の隅の六地蔵に走った。

六地蔵は、須走おとらを葬った上に並べられていた。

左近は、苔の剝がれた大きさの不揃いな六地蔵を見据えた。

無明斬刃《むみようざんじん》……。

左近は、無明刀を抜き打ちに放った。

閃光が走った。

端の地蔵は、首から右肩に掛けて断ち斬られ、中から小判が零れ落ちた。

やはり、六地蔵の中に隠されていた。

睨み通りだった……。

左近は見届けた。

大盗日本駄右衛門こと浜島庄兵衛は、六体の地蔵を刳《く》り抜いて小判を詰め、双雲寺の境内の隅に安置したのだ。そして、隠し場所を旅の絵師に春夏秋冬の絵に描かせ、掛軸にしたのだ。

五人の女白浪と飛猿たち木曾忍びは、浜島庄兵衛が六地蔵の中に小判を隠した事に気が付かなかった。

左近は読んだ。

次の瞬間、鋭い殺気が襲い掛かった。

左近は、咄嗟に跳び退いた。

手裏剣が飛来し、地蔵に当たって跳ね返って落ちた。

左近は、手裏剣が投げられた処を探した。

本堂の縁の下から木曾忍びの鬼火が現れ、忍び刀を翳《かざ》して左近に跳んだ。

左近は、跳ね返って落ちた手裏剣を空中の鬼火に投げた。

鬼火は、体勢を崩しながらも辛うじて躱し、地面に跳び下りた。

無明斬刃……。

左近は、無明刀を一閃した。

鬼火は、胸元を斬り上げられて斃れた。

「木曾忍びか……」

左近は、老忍びの鬼火を見据えた。

「ああ。木曾の鬼火。おぬしは……」

鬼火の老顔には死相が浮いていた。

「日暮左近……」

左近は名乗った。

「おぬしが日暮左近か……」

鬼火は、引き攣ったような笑みを浮かべて絶命した。

左近は、鬼火の骸《むくろ》に手を合わせた。

目黒川に野菊が流れた。

房吉は、目黒川沿いの古い商人宿にいる利平を見張り続けていた。

利平は、日溜りの縁台で過ごしていた。

「利平さん……」

旅姿の年増がやって来た。

房吉は、物陰から見守った。

「やあ……」

利平は、老いた顔に笑みを浮かべて縁台から立ち上がった。

「お待たせしましたね」

旅姿の年増は、七化おりょうだった。

「なあに、赤目の頭たちを片付け、おとらたちに浜島庄兵衛の隠し金を諦めさせ、木曾忍びを追い返すのは、容易な事じゃあねえ。御苦労だったね」

利平は、おりょうを労《ねぎら》った。

「ええ。ま、須走は死んだけどね」

おりょうは苦笑した。

「ほう。須走おとらが死んだのかい……」

「ええ。一人で穴を掘り続け、心の臓の発作でね……」

「さあて、そいつはどうか……」

利平は眉をひそめた。

「えっ……」

おりょうは、戸惑いを浮かべた。

「ま、良いさ。今、道具を持ってくる」

利平は、古い商人宿の中に入って行った。

「ええ……」

おりょうは、縁台に腰掛けて待った。


七化おりょうは、盗賊赤目の佐平次一味の利平と通じていた。そして、仲間の女白浪と盗賊赤目の佐平次たちをそれぞれ裏切っていたのだ。

房吉は気が付いた。

所詮は盗っ人、義理や人情はなく、あるのは我慾《がよく》だけなのだ。

房吉は苦笑した。


利平は、身支度を整えて古い商人宿から出て来た。

「じゃあ、七化の、双雲寺に行くよ」

「ええ……」

利平は、おりょうと双雲寺に向かった。

房吉は追った。


双雲寺は小鳥の囀りに覆われていた。

左近は、本堂の屋根に忍んでいた。

山門から人影が入って来た。

左近は、己の気配を消して見守った。

人影は、盗賊赤目の佐平次一味の利平と七化おりょうだった。

七化おりょうは利平と通じていた。

女白浪の仲間と盗賊赤目の佐平次一味を裏切って……。

左近は知り、苦笑した。
利平とおりょうは、境内の隅の六地蔵の許に急いだ。
六地蔵の秘密を知っているのか……。
房吉が追って境内に現れ、
左近は見守った。

六地蔵は不揃いに並んでいた。
左近は、断ち斬った地蔵を元に戻し、中程に並べて置いた。
利平は、石切り鑿《のみ》を出して端の地蔵の肩に当て、金槌《かなづち》を振り上げた。
おりょうは、喉を鳴らして見守った。
利平は、金槌を振り下ろした。
甲高い音が鳴った。
石切り鑿は、地蔵の肩を割った。
煌めきが零れ落ちた。
小判だ……。
「あった……」

おりょうは、思わず声を上げて割られた地蔵から零れ落ちた小判を拾い上げた。

「ああ。浜島庄兵衛のお頭は一筋縄《ひとすじなわ》じゃあいかない人でな。こんな事だろうと思ったよ」

利平は笑った。

老盗賊の利平は、浜島庄兵衛の人柄から金の隠し場所を読んだ。

そして、それを頭の赤目の佐平次には教えず、女白浪の七化おりょうと手を組んだのだ。

盗っ人同士の裏切り、騙《だま》し合い。

それだけの話だ……。

左近は苦笑した。

「小判、六地蔵の全部に詰まっているのかな……」

おりょうは、不揃いに並んでいる六地蔵に眼を輝かせた。

「きっとな……」

利平は笑った。

「じゃあ、全部で……」

「地蔵一つに五百両入っているとして、六地蔵で三千両ぐらいだろうな」

利平は読んだ。

「三千両……」

おりょうは、嬉しげに笑った。

「ああ。だが、俺とおりょうの二人で一度に運び出すには重すぎる」

「じゃあ、どうするんだい」

おりょうは眉をひそめた。

「少しずつ運び出すしかあるまい」

「でも、残しておいて、万が一誰かが気が付いたら……」

おりょうは心配した。

「取り敢えず、小判を出して他の処に隠しておくしかあるまい」

利平は笑った。

「そうか。そうだね……」

おりょうは、嬉しげに頷いた。

「それには及ばないよ」

六地蔵の奥の雑木林から女の声がした。

おりょうと利平は身構えた。

おさらばお玉が雑木林から現れた。

「おさらばの……」

おりょうは、おさらばお玉を睨み付けた。

「七化おりょう、お前さん、やっぱり裏切っていたんだね」

お玉は、嘲笑を浮かべた。

「おさらばの……」

おりょうは、帯の結び目に隠した匕首を握り締め、お玉に踏み出した。

「止めておきな、七化の……」

お玉は笑った。

おさらばお玉は、裏手の雑木林から双雲寺に戻って来ていた。

左近は苦笑した。

女と雖《いえど》も所詮は盗賊、他人を信用する者など滅多にいない。

左近は、いつの間にか小鳥の囀りが消えているのに気が付いた。

そうか……。
左近は、おさらばお玉の背後に潜む者に気が付いた。
「七化の……」
利平は、緊張を滲ませておりょうを制した。
おりょうは立ち止まった。
雑木林から木曾忍びが現れ、おりょうと利平を一気に取り囲んだ。
おりょうと利平は身構えた。
飛猿がお玉の傍に現れた。
やはり……。
左近は苦笑した。
女白浪おさらばお玉は、木曾忍びの小頭飛猿と手を組んでいたのだ。
裏切りと騙し合いだ……。
左近は、女白浪たちの裏での熾烈《しれつ》な闘いを知った。

「飛猿……」

七化おりょうは、嗄れ声を僅かに震わせた。

「浜島庄兵衛の隠し金、六地蔵を刳《く》り抜いた中にあったとはな……」

飛猿は苦笑した。

「七化の。お前さんが妙に落ち着き、須走のおとらさんのように焦らないのが、ちょいと気になってね」

お玉は笑った。

「そうか。おさらばの、お前たちが須走を殺したんだね……」

おりょうは、お玉がおとらを捜しに行ったのを思い出した。

「ちょいと煩《わずら》わしくなったんでね……」

お玉は、酷薄な笑みを浮かべた。

「ならば、おりょう、利平。浜島庄兵衛の隠し金のすべて、おさらばお玉と我ら木曾忍びが戴く。異存はないな」

飛猿は、冷ややかに云い放った。

「お玉、必ず殺してやる……」

おりょうは、凄まじい形相《ぎょうそう》でお玉を見据えた。

「おりょう、そいつは生きていて出来る事なんだよ」

お玉は、嘲りを浮かべた。

「なに……」

おりょうは狼狽《うろた》えた。

「お、お玉……」

利平は、嗄れ声を引き攣らせた。

「なんだい、利平……」

「木曾忍びは、俺と七化を殺した後、お前を始末し、此の金を独り占めする気だ」

利平は告げた。

「巫山戯《ふざけ》た事を云うんじゃあないよ。木曾の飛猿とはね……」

刹那、お玉は言葉を呑んで棒のように立ち竦《すく》み、驚いたように飛猿を見た。

飛猿は冷たく笑い、お玉の背に突き刺した苦無を押し込んだ。

お玉は、呻き声をあげて仰け反った。

「と、飛猿……」

お玉は、飛猿を睨み付けた。

「悪く思うな、お玉。所詮、忍びと盗賊、信じる方が愚かなのだ」

飛猿は云い放った。

「げ、外道……」

おさらばお玉は、絶命して崩れ落ちた。

「おさらばの……」

おりょうは立ち尽くした。

「利平、おりょう、いろいろご苦労だったな。浜島庄兵衛の隠し金は、木曾忍びが戴く」

飛猿は告げた。

次の瞬間、木曾忍びたちが一斉に利平とおりょうに殺到した。

屋根瓦が回転しながら飛来した。

先頭の木曾忍びは、飛来した屋根瓦を頭に受けて前のめりに倒れた。

飛猿は、屋根瓦の飛来した本堂の屋根を見上げた。

左近が本堂の屋根から跳んだ。

「はぐれ忍び……」

木曾忍びの小頭飛猿は、左近に気が付いて老忍びの鬼火が斃されたのを知った。

左近は、境内に着地し、おりょうと利平に殺到する木曾忍びに走った。
木曾忍びたちは、素早く反転して左近に手裏剣を放った。
左近は、飛来する手裏剣を跳んで躱し、木曾忍びに迫った。
木曾忍びは、忍び刀を抜いた。
左近は、無明刀を一閃した。
木曾忍びは、袈裟《けさ》懸《が》けに斬られて斃れた。
左近と木曾忍びは、激しく斬り結んだ。
利平とおりょうは逃げた。
飛猿は、手裏剣を連射した。
手裏剣は、利平とおりょうの背中に突き刺さった。
利平は倒れ、おりょうは必死に逃げた。
飛猿は、利平に忍び刀で止《とど》めを刺した。
老盗賊の利平は、痙攣《けいれん》して絶命した。
飛猿は見届け、よろめきながら逃げるおりょうを追った。
おりょうは倒れた。
飛猿は、倒れたおりょうに迫った。

左近は、木曾忍びの一人を斬り棄て、飛猿に飛び掛かった。

飛猿は跳び退き、左近と対峙した。

房吉がおりょうに駆け寄り、助け起こして逃げた。

木曾忍びが追い掛けようとした。

左近は、立ち塞《ふさ》がって無明刀を構えた。

無明刀は鈍色《にびいろ》に輝いた。

木曾忍びは怯んだ。

「おぬし、何者……」

飛猿は、左近を見据えた。

「日暮左近……」

左近は名乗り、大きく跳び退いて消えた。

「日暮左近、秩父のはぐれ忍びか……」

飛猿は左近を見送った。

四

七化おりょうの背中の傷は深かった。

左近と房吉は、おりょうを目黒不動尊の宿坊に担ぎ込んだ。

医術の心得のある老僧侶が、おりょうの傷の手当てを始めた。

だが、おりょうの顔には既に死相が浮かんでいた……。

左近は見極めた。

「じゃあ房吉さん、後を頼みます」

「左近さんは……」

「飛猿を追います」

「飛猿を……」

「ええ。おそらく浜島庄兵衛の隠し金を持って木曾谷に帰る筈です」

「じゃあ、飛猿や木曾忍びを斃して浜島庄兵衛の隠し金を……」

房吉は読んだ。

「さあて、そうなれば良いのですがね。じゃあ……」

左近は、小さな笑みを浮かべて目黒不動尊を後にした。

須走おとら、おさらばお玉、七化おりょうは、虚しく滅びた。

四本の掛軸の絵の謎を解き、盗賊赤目の佐平次と渡り合い、大盗日本駄右衛門こと浜島庄兵衛の隠し金にあと一歩の処に迫った。そして、木曾忍びの飛猿によって虚しく滅び去った。

哀れな……。

左近は、須走おとら、おさらばお玉、七化おりょうに奇妙な親近感を覚えていた。

木曾の飛猿、此のままには棄ておかぬ……。

左近は、そう決意している己に気が付いた。

何故だ……。

左近は戸惑い、苦笑した。

双雲寺の境内は、小鳥の囀りに満ちていた。

左近は、本堂や庫裏などを窺った。

人のいる気配はなかった。

左近は、境内の隅の古い供養塔に進んだ。

古い供養塔の傍に六地蔵はなく、雑木林に砕かれた地蔵の破片が棄てられていた。

六地蔵に隠された大盗〝日本駄右衛門〟こと浜島庄兵衛の隠し金は、飛猿たち木曾忍びが持ち去った。

左近は読んだ。

飛猿たち木曾忍びは、おそらく田舎道を進んで甲州《こうしゅう》街道に出るつもりだ。

左近は睨んだ。

よし……。

左近は、双雲寺を出て田畑の緑の中の田舎道を甲州街道に急いだ。

追って来る……。

木曾忍びの小頭飛猿は、日暮左近が必ず追って来ると読んでいた。

討ち果たす……。

飛猿は、己に云い聞かせていた。

それは、斃された老忍びの鬼火を始めとした木曾忍びの恨みを晴らす為ではなく、忍びの者として雌雄《しゆう》を決したいからに過ぎないのだ。

木曾忍びの御館竜斎は老いており、孫の天竜の五郎は抜け忍となり、盗賊赤目の佐平次に捕らえられて醜態《しゆうたい》を晒し、飛猿に粛清された。

飛猿は、浜島庄兵衛の隠し金を手に入れた。

その金で木曾忍びを支配するか……。

飛猿は、想いを巡らせた。

「小頭……」

配下の木曾忍びが追って来た。

「追って来たか……」

飛猿は訊いた。

「はい。双雲寺を出て……」

「よし……」

飛猿は、冷ややかに笑った。

緑の田畑では百姓が野良仕事に励み、田舎道には僅かな人が行き交っていた。

左近は急いだ。
行く手に小さな雑木林があり、古い御堂が見えた。
待ち伏せをしているかもしれない……。
左近は、田舎道から緑の田畑に入って小さな雑木林に忍び寄った。
古い御堂の周囲の雑木林には、忍びの者の結界が張られていた。
木曾忍び……。
左近は、木曾忍びが待ち伏せをしているのに気が付いた。
おそらく、飛猿が奪った隠し金を持って古い御堂に潜み、待ち構えている。
左近は読んだ。
さあて、どうする……。
左近は、雑木林の裏に廻った。
裏の雑木林には、木曾忍びが結界を張っていた。
左近は苦無を放った。
木曾忍びは振り返った。
刹那、その胸に苦無が突き刺さった。
結界が激しく揺れた。

左近は、古い御堂に走った。
小さな雑木林に結界を張っていた木曾忍びたちが、激しく揺れた結界に集まった。
結界は破れた。
左近は、破れた結界を駆け抜け、古い御堂の格子戸を蹴破って跳び込んだ。
左近は、素早く立ち上がって身構えた。
薄暗い御堂内に人はいなく、形ばかりの祭壇に藁《わら》人形が置かれているだけだった。
飛猿や木曾忍びはいない……。
左近は見極めた。
次の瞬間、格子戸が閉められた。
左近は、格子戸に寄って外を窺った。
外には、大勢の木曾忍びが弩《ど》や手裏剣を構えていた。
嵌《は》められた……。
飛猿は、左近を古い御堂に誘《おび》き寄せて閉じ込めたのだ。

左近は苦笑した。

おそらく古い御堂は、木曾忍びに取り囲まれている。

「日暮左近……」

古い御堂の前に飛猿が現れた。

「飛猿か……」

「浜島庄兵衛の隠し金か……」

飛猿は読んだ。

「いや。金などどうでも良い……」

左近は苦笑した。

「ならば、何しに追って来た」

飛猿は、微かな戸惑いを滲ませた。

「恨みを晴らしに来た……」

「恨み……」

飛猿は眉をひそめた。

「ああ、女白浪の須走おとら、おさらばお玉、七化おりょうの恨みをな……」

左近は告げた。

「左近、お前も女白浪の一味だったのか……」

「違う……」

左近は、首を横に振った。

「違う……」

飛猿は訊き返した。

「ああ……」

左近は頷いた。

「ならば何故だ」

「さあな……」

女白浪に奇妙な親近感を覚えたからだと云っても、おそらく納得する者はいない。

左近は苦笑した。

「まあ、良い。ならば、此のまま死んでもらう迄だ……」

飛猿は、冷酷に云い放った。

飛猿は指を鳴らした。

木曾忍びたちが、古い御堂の周囲に柴《しば》の束を置き、油を掛け始めた。

油の臭いが漂った。

古い御堂に火を放つか……。

飛び出せば、躱せない程の手裏剣や弩の矢が殺到する。

かといって、古い御堂と一緒に燃え尽きるつもりもない。

さあて、どうする……。

左近は、古い御堂の中を見廻した。

油を掛けた柴の束に火を放ったのか、焦げ臭さが微かに漂った。そして、床板や腰板の隙間から煙が流れ込み始めた。

左近は、床板を蹴って天井の梁に跳んだ。


炎は蒼白く揺れた。

古い御堂は燃え始めた。

「現れたら、躊躇《ためら》わずに放て……」

飛猿は、古い御堂に向かって弩や手裏剣を構えている木曾忍びに命じた。

木曾忍びたちは、燃える古い御堂を見据えて頷いた。

古い御堂は燃えた。
飛猿は見据えた。

炎は古い御堂の中に侵入して来た。
左近は、梁の上を進んで壁際に寄り、苦無で板壁に穴を開けて覗いた。
飛猿たち木曾忍びが見えた。
左近は、梁の上を奥に進み、無明刀を抜いて屋根に突き刺した。
無明刀は、風雨に晒された古い屋根板を容易に貫いた。
左近は、無明刀で屋根板を斬り始めた。

炎は燃え広がり、古い御堂を覆った。
左近は未だ出て来ない……。
飛猿と木曾忍びは、緊張を滲ませて古い御堂を見詰め続けた。
古い御堂は炎に覆われ、激しく燃えた。
どうした、日暮左近……。
飛猿は、現れない左近に微かな苛立ちを覚えた。

炎と煙は、古い御堂内に満ち溢れた。

そろそろだ……。

左近は、無明刀で斬った屋根板を蹴り飛ばした。

屋根板は容易に破れた。

左近は、素早く屋根の上に出た。

屋根の上は、既に炎と煙に覆われていた。

左近は忍んだ。

炎と煙は古い御堂を覆っており、飛猿たち木曾忍びは屋根の上に忍んだ左近に気が付かなかった。

左近は、炎と煙に包まれて耐えた。

古い御堂は、音を鳴らして激しく揺れた。

焼け落ちる前触れだ。

今だ……。

左近は、大きく跳んだ。

次の瞬間、古い御堂は音を立てて焼け落ちた。
飛猿たち木曾忍びは、熱風に煽《あお》られて思わず顔を背けた。
左近は御堂と共に焼け落ちたのか……。
飛猿は、焼け落ちても燃え続ける古い御堂を見詰めた。
鋭い殺気が渦巻いた。
弩を構える木曾忍びたちは、飛来した手裏剣を受けて倒れた。
飛猿は、咄嗟に大きく跳び退いた。
左近が雑木林から現れ、木曾忍びに無明刀を縦横に閃かせた。
木曾忍びたちは、不意を衝かれて怯んだ。
左近は、素早く跳び廻り、木曾忍びを容赦なく斬り棄てた。
木曾忍びは次々に斃れた。
「おのれ……」
飛猿は、焦りを浮かべて左近に手裏剣を放った。
左近は、無明刀を一閃した。
甲高い音が鳴り、手裏剣は弾き飛ばされた。
「退け……」

飛猿は、僅かに残った傷付いた木曾忍びに命じた。
傷付いた木曾忍びは、必死に退いた。
飛猿は、左近の前に進んだ。
左近は、無明刀を一振りした。
鋒《きつさき》から血の雫が飛んだ。
「おのれ、日暮左近……」
飛猿は、憎悪を露《あら》わにした。
「木曾の飛猿……」
左近は微笑んだ。
不敵な微笑みだった。
飛猿は、後ろ腰から忍び鎌を出し、鐺《こじり》に付いた鎖を廻し始めた。
鎖の先の分銅《ふんどう》は唸りをあげた。
左近は、無明刀を青眼《せいがん》に構えて対峙した。
飛猿は、素早く分銅を放った。
左近は、僅かに顔を動かして分銅を躱した。
鬢の解れ髪が分銅に削ぎ飛ばされた。

飛猿は冷笑した。
左近は、大きく跳び退いた。
飛猿は、分銅の付いた鎖を廻しながら左近との間合いを詰めた。
左近は、後退しなかった。
飛猿は、戸惑いを浮かべて立ち止まった。
左近は、嘲りを浮かべた。
飛猿は踏み込み、分銅の付いた鎖を左近に放った。
左近は身体を開き、飛来する分銅の付いた鎖を躱した。
分銅の付いた鎖は、左近の傍を飛び抜けた。
刹那、左近は無明刀を斬り下げた。
甲高い音が短く鳴った。
閃光が鎖を断ち切り、分銅は地面に落ちて鈍い音を立てた。
飛猿は、咄嗟に大きく跳び退いた。
無明刀は蒼白く輝いた。
左近は、飛猿を振り返って笑った。
「おのれ……」

飛猿は、忍び刀を抜き払った。
左近は、無明刀を頭上高く構えた。
天衣無縫《てんいむほう》の構えだ。
隙だらけだ……。
飛猿は、戸惑いながらも左近が隙だらけなのに惹《ひ》かれた。
今だ……。
飛猿は猛然と地を蹴り、忍び刀を翳《かざ》して左近に大きく跳んだ。
左近は動かなかった。
貰った……。
飛猿は、左近に斬り掛かった。
剣は瞬速。
無明斬刃……。
左近は、無明刀を頭上から斬り下げた。
無明刀は閃光となり、斬り掛かった飛猿を真っ向から斬り裂いた。
血が飛んだ。
飛猿は地面に着地し、二、三歩進んで振り向いた。

「日暮左近……」

飛猿は、微かな笑みを浮かべて前のめりに斃れた。

左近は、残心《ざんしん》の構えを解き、飛猿の生死を確かめた。

飛猿は絶命していた。

斃した……。

左近は、無明刀に拭いを掛けて鞘に納めた。

古い御堂は焼け落ち、僅かな炎と煙が残っていた。

左近は辺りを窺った。

木曾忍びの殺気は消えていた。

小頭の飛猿は斃れ、僅かに残った傷付いた木曾忍びは既に逃げ去っていた。

浜島庄兵衛の隠し金はどうしたのか……。

木曾忍びが持ち去ったのか……。

隠し金は幾らあったのか……。

木曾忍びの小頭飛猿が死んだ限り、大盗日本駄右衛門こと浜島庄兵衛の隠し金の仔細《しさい》は闇の彼方だ。

それで良い……。

左近は苦笑した。

女白浪が掛軸を盗んだ事から始まった一件は、木曾忍びの小頭飛猿との殺し合いで終わった。

古い御堂は燃え尽きた。


湯島天神は参拝客で賑わっていた。

左近は、使いに出たおりんの供をした帰り、湯島天神境内の茶店に立ち寄った。

おりんと左近は、茶を飲みながら行き交う参拝客を眺めていた。

本殿前には奇縁氷人石があった。

須走おとらが、木曾忍びの飛猿と繋ぎを取った奇縁氷人石だ。

左近は眺めた。

大店の隠居風の年寄りが、粋な形《なり》の女と一緒に本殿に向かって行った。

見覚えのある女……。

左近は、大店の隠居風の年寄りと一緒に本殿に手を合わせている粋な形の女に見覚えがあった。

女白浪の三毛猫おきょう……。

左近は気が付いた。

三毛猫おきょうは、大店の隠居を誑し込んで盗みを働くつもりなのか……。

左近は読み、苦笑した。

「何、鼻の下を伸ばしているのよ」

おりんは、左近がおきょうを見ているのに気が付いた。

「う、うむ。おりん、あの本殿に手を合わせている粋な形の女、三毛猫おきょうって女白浪だ」

「えっ……」

おりんは、参拝を終え、大店の隠居に科《しな》を作って囁いているおきょうを見詰めた。

「どうやら、仕事に励んでいるようだ」

左近は笑った。

おそらく、残る女白浪の雲切おまちも何処かで白浪仕事に励んでいるのだ。

「で、どうするの。あの年寄りに報せるの」

おりんは尋ねた。

「いいや。さあ、帰ろう……」

左近は、おりんを促して茶店を出た。

「本当に報せないの……」

おりんは眉をひそめた。

「ああ……」

左近は苦笑した。

虚しく滅び去った須走おとら、おさらばお玉、七化おりょうの為にも、三毛猫おきょうと雲切おまちの無事を願った。

女白浪は滅びない……。

左近は、おりんと共に賑わう湯島天神を後にした。

光文社文庫

文庫書下ろし／長編時代小説

白《しら》浪《なみ》五《ご》人《にん》女《おんな》　日《ひ》暮《ぐらし》左《さ》近《こん》事《じ》件《けん》帖《ちょう》

著者　藤《ふじ》井《い》邦《くに》夫《お》

2021年9月20日　初版1刷発行

発行者　鈴木広和
印刷　萩原印刷
製本　フォーネット社

発行所　株式会社　光文社
〒112-8011　東京都文京区音羽1-16-6
電話　(03)5395-8149　編集部
8116　書籍販売部
8125　業務部

ISBN978-4-334-79251-0　Printed in Japan

組版　萩原印刷